Eduard Häfliger, 1941 in der Schweiz gebo-
ren, hat an der ETH Zürich als Elektroinge-
nieur diplomiert und in nationalen und in-
ternationalen Konzernen gearbeitet. 1990
wurde er freier Unternehmensberater.
2000 packte ihn der Spaß am Schreiben.

AF186540

Die wichtigsten Dinge in unserem Leben sind nichts Außerordentliches oder Großartiges. Es sind jene Momente, in denen wir uns von anderen angerührt fühlen.

Jack Kornfield, buddhistischer Mönch

Eduard Häfliger

Ara

Ein bunter Fächer von
humorvollen und tiefgründigen
Geschichten

© 2014 Eduard Häfliger
2. Auflage
Illustration: Andy Raeber
Coverbild: © istock 2014
Lektorat: Verena Schneider Müller
Korrektorat: Théo Müller

Verlag: tredition GmbH, Hamburg

ISBN
Paperback   978-7323-1926-8
Hardcover   978-7323-1927-5
e-Book   978-7323-1928-2

Printed in Germany

Inhalt

Ara 1

Aromat... 7

Die Verfolgung... 11

Die Kluft.. 15

Ihr Taxi, Herr Rohner.. 21

Auf den Säntis, kein Problem...................................... 25

Gesicht gewahrt... 29

Lectifuga Praesenilis 33

Schreie 37

Körper – Seele – Geist 43

Koffer für die letzte Reise 49

Gaber Lisi... 57

Der Brand 61

Er ruhe in Frieden.. 67

Der Clown 71

Die Tibeterin 77

Langsam wird er unheimlich, dieser Autor von Kurzgeschichten, der auf zwei drei Buchseiten ein ganzes Leben voller Tragik und makabrer Komik darzustellen weiß. Schon im ersten Buch, *Soll ihn der Teufel holen*, berichtet er von Geschehnissen, deren hintergründiger, manchmal diabolischer Inhalt zwar die Lachmuskeln reizt, dann aber das Lachen in der Kehle stecken lässt. Und nun diese neuen Geschichten, deren oftmals harmloser Beginn ganz allmählich und dann völlig überraschend ein geradezu dämonisches Ende findet. Man kann nicht aufhören mit Lesen, denn da hält uns jemand ein Spiegelbild des Menschseins vor: sowohl mit seinen Hinterhältigkeiten als auch seinen Möglichkeiten zu Güte, Großmut und Verzeihen.

E.K. Timmermeister, Publizistin
Zürich, im Herbst 2011

Ara

Fast geräuschlos, aber mit zunehmendem Tempo gleitet der letzte Zug aus der Halle. Der Bahnsteig ist leer, bis auf einen einzelnen Mann. Er hat sich eine Zigarette angezündet. Verwirrt starrt er dem Zug nach, dessen rote Schlusslichter rasch kleiner werden. Er klemmt seine Herrentasche unter den Arm und verschwindet Richtung Seitenausgang. Er tritt auf die Straße hinaus und macht sich auf den Heimweg. Die Putzequipe, die das Gerät für die nächtliche Arbeit rüstet, hat ihn nicht bemerkt.

Die Frau, die er an diesem Spätnachmittag in der Einkaufsmeile im Café Kempinski getroffen hatte, war nicht zum ersten Mal dort. Schon seit Wochen hatte er sie bei ihrer Gewohnheit beobachtet, bei schönem Wetter an einem der altmodischen Tischchen zu sitzen. Auch er schätzte das erlesene Getränk, das stets vor ihr stand: Heiße, bittersüße Schokolade, für die das Kempinski berühmt war. Einen Augenblick lang schweiften seine Gedanken ab zu jenem südamerikanischen Land, das neben edlen Kakaobohnen auch Ungeheuerliches für sein zweites Ich hervorgebracht hatte.

Scheinbar konzentriert las er seine Zeitung. Tatsächlich aber entging ihm keine einzige Bewegung der Frau. Er bewunderte ihre kurzen, grau melierten Haare. Sie trug einen schwarzen Rock und eine makellos weiße Bluse. Auch heute zierte Schmuck aus feuerroten Korallen Hals, Ohren und Hände.

»Prächtig rot wie das Federkleid eines südamerikanischen Ara«, murmelte er leise. Der Glanz in seinen Augen war nicht zu übersehen.

Sie hatte immer dasselbe Buch dabei. Doch galt ihre Aufmerksamkeit mehr den vorbei eilenden Menschen, die ihr manchmal ein bezauberndes Lächeln entlockten.

Für diesen Tag hatte er den dunklen Nadelstreifenanzug gewählt, dazu ein blaues Hemd und eine rot-blau gestreifte Seidenkrawatte – so wie es eben zum vornehmen Kempinski passte. Heute wollte er sich endlich mit seiner Angebeteten persönlich bekannt machen und sie später zu sich nach Hause einladen.

Er stand auf und bahnte sich den Weg zwischen den Tischen hindurch zur Toilette. Unter goldenen Armaturen wusch er die Hände, gab seiner Frisur den letzten Schliff, prüfte im Spiegel seine Erscheinung und machte sich auf den Rückweg. Dabei stieß er scheinbar zufällig so an die Schöne, dass ihr das Buch aus der Hand fiel, die halb leere Tasse Kakao traf und sie umkippte.

»Oh, entschuldigen Sie! Es tut mir sehr leid.«

Erst blitzte sie ihn zornig an, konnte aber ihre Sympathie für den eleganten Mann nicht unterdrücken. Bevor sie etwas erwidern konnte, hob er ihr Buch auf und rief nach dem Kellner. Der eilte herbei und begann, die Bescherung aufzuwischen.

»Bringen Sie der Dame bitte eine frische Tasse Kakao und mir auch eine! Ist doch recht so, Madame?«

»Eh – ja, danke.«

»Erlauben Sie, dass ich mich zu Ihnen setze?«

Trotz dieser durchschaubaren Anmache entschlüpfte ihr ein »bitte«. Das Buch, Donna Leons »Beweise, dass es böse ist«, war ihm der willkommene Vorwand, um im Nu eine rege Unterhaltung über Commissario Brunetti, Vizequestore Patta und Signorina Elettra in Gang zu bringen. Ein charmanter Gesprächspartner, fand sie.

Als der Kellner Anstalten machte, das Außencafé zu schließen, lud der Fremde sie für die Fortsetzung des Gesprächs zu einem gemeinsamen Abendessen drinnen im feudalen Kempinski ein.

»Mit Vergnügen!«, willigte sie lächelnd ein.

Sie hatte keine Bedenken, dass sich über das Essen hinaus eine Affäre anbahnen könnte; sie wollte sich ohnehin mit dem Nachtzug endgültig aus der Stadt verabschieden. Neugierig auf seine Reaktion teilte sie ihm die beabsichtigte Abreise mit, nachdem das Essen bestellt war. Kurz spielte sich Enttäuschung in seinem Gesicht ab; doch schnell wich dies einem Lächeln, das ihr allerdings etwas merkwürdig vorkam, ja sogar böse.

Doch gleich waren die beiden wieder in ihre Plauderei vertieft. Belangloses wechselte mit Faszinierendem. Gekonnt fesselte er sie mit seinen Erlebnissen als Weltenbummler.

»Ecuador hat es mir besonders angetan: die urtümlichen Echsen und Schildkröten der Galapagos Inseln, die Straße der Vulkane, vor allem aber meine Erlebnisse im Urwald. Ich habe gesehen, wie die Indios das Pfeilgift Curare aus Säften von Rinden und Mondsamengewächsen präparieren. Und wenn die Giftpfeile aus den Blasrohren die rotblauen Aras treffen, so fallen diese Vögel beinahe sofort von den Bäumen. Curare lähmt nämlich augenblicklich und führt zu Atemstillstand und Tod«, schloss er auf eine so gefühllose Art, dass der Frau beinahe das Blut in den Adern gefror.

Dann wechselte er abrupt das Thema und begann wieder, auf seine charmante Art von den Kakaoplantagen im Mittleren Südamerika zu berichten.

»Von da stammen die Kakaobohnen, welche die Schokolade des Kempinski zum erlesenen Getränk machen.«

»Ein gutes Stichwort zur Krönung unseres unterhaltsamen Abends«, unterbrach sie ihn mit einem entschuldigenden Blick auf die Uhr, rief den Kellner herbei und bestellte noch eine letzte Tasse Schokolade.

»Für den Herrn auch eine?«

»Bitte ja.«

Während sie auf ihre Getränke warteten, fragte er lächelnd:

»Darf ich Sie zum Zug begleiten?«

»Nur wenn Sie mir die Rechnung überlassen – als bescheidene Gegenleistung für Ihre spannenden Erzählungen«, gab sie das Lächeln zurück.

»Wenns denn sein muss«, erwidert er geschmeichelt. »Herzlichen Dank!«

Als ob er es gehört hätte, brachte der Kellner nebst dem Bestellten auch die Rechnung, die sie sofort beglich.

Gedankenverloren leerten sie ihre Tassen. Dann brachen sie auf zum Bahnhof. Es waren kaum hundert Meter. Vor dem wartenden Zug erkundigte er sich nach ihrem Gepäck.

»Schon aufgegeben«, antwortete sie einsilbig.

Zu so später Stunde war der Zug praktisch leer. Bis zur Abfahrt blieben noch zehn Minuten. Weit und breit keine weiteren Fahrgäste. Damit hatte er gerechnet, nachdem sie ihn mit ihrer Abreise zur Änderung seines Planes gezwungen hatte.

»Kommen Sie, ich setze mich noch für ein paar Minuten zu Ihnen in den Zug.«

Sie nickte. Er ging voraus ins Abteil. Auch drinnen keine Seele. Sie setzten sich nebeneinander. Anstatt sich ihm zuzuwenden, blickte sie mit Tränen in den Augen auf den Bahnsteig. Solche Emotionen weckten in ihm stets das andere, das bösartige Ich. Jenes Ich, das er nicht zu kontrollieren vermochte, und das er genau so verabscheute, wie es ihn anzog. In diesem Moment fühlte er sich in den Urwald versetzt, zog einen Indiopfeil aus seiner Herrentasche, stach eiskalt zu und sah einen rotblau gefiederten Ara mit einem Angstruf vom Baum fallen. Innerhalb von Sekunden hatte das Gift seine Wirkung getan.

Er löste sich aus der Trance und bettete die Erstarrte behutsam in die Ecke. Gerade noch rechtzeitig sprang er vom Zug, der sich langsam in Bewegung setzte.

Aromat

Etwa zehn von uns zwölf Klubmitgliedern schaffen es immer, im Kalender den ersten Dienstagabend im Monat freizuhalten, um miteinander ein Abendessen zu zelebrieren.

Abwechslungsweise fungiert einer unter uns als Küchenchef. Er kreiert das Menü und kauft das Erforderliche ein. Angefangen bei typisch schweizerischen Älplermagronen bis hin zu japanisch Erlesenem kann alles auf den Speisezettel gebracht werden, was die Gaumen erfreut. Selbstverständlich darf ein feiner Tropfen nie fehlen. Hauptsache es kostet nicht alle Welt. In wenigen Stunden dirigiert er uns ältere Herren – seine Brigade – zu einem köstlichen Mahl.

Mit »Ich begrüße euch zum heutigen Kochabend«, heißt der Küchenchef uns willkommen. Ausgerüstet mit bunten Schürzen sind wir vor ihm versammelt. Ja richtig, von Kolleginnen ist nicht die Rede. Das weibliche Geschlecht ist ausdrücklich ausgeschlossen. Höchstens einmal pro Jahr laden wir unsere Damen zu einem Schmaus ein.

Der Chef stellt zu Beginn sein Menü vor und erläutert, worauf besonders zu achten ist. Drei Gänge sind das Übliche. Die Mise-en-place hat er schon erledigt. Nun verteilen wir Hobbyköche uns auf drei Kochinseln und beginnen, unser Können zu entfalten.

Da das Menü für vier Personen berechnet ist, werden zuerst die Zutaten auf die Anzahl der Anwesenden hochgerechnet. Da hat sich schon dieser oder jener verrechnet. Dann geht es ans Messerwetzen.

»Du darfst den Schleifstahl nicht so in die Hand nehmen! Komm, ich zeig es dir.«

Aha, unser Experte! Da macht ihm keiner etwas vor. Er hat das Messerschleifen zwar schon mehrfach demonstriert. Aber ein bisschen Nachhilfeunterricht kann ja nicht schaden.

Einige haben bereits mit dem Rüsten von Gemüse und Früchten begonnen, andere schneiden Fleisch. In der Anweisung des Küchenchefs steht diesmal: *Wildschweinschulter in kleine Würfel schneiden*. Doch was produziert der Kollege mit dem scharfen Messer selbstsicher: große Würfel. Er habe das immer so gemacht. Der Chef macht gute Miene zu diesem Spiel. Er weiß so gut wie alle anderen, dass wir eine Kochgilde von Individualisten sind, die dann und wann ihre Mätzchen ausleben.

Während wie in einem Mädchenpensionat munter geschwatzt und gelacht wird, dämpft einer in einer Bratpfanne Zwiebeln und löscht sie mit Bouillon ab. Dann eine kräftige Portion Salz darübergestreut und das Zwischenergebnis gekostet. Um Himmels willen, das war Zucker nicht Salz!

Es gibt rote Ohren. Sprüche sind wohlfeil. Kurzerhand wird die Brühe abgeschüttet, die Zwiebeln abgespült, nochmals Bouillon dazugegeben und das Ganze gesalzen – diesmal wirklich nicht mit Zucker. Scharte ausgewetzt!

Die umgekehrte Verwechslung, nämlich salzen statt mit Zucker bestreuen, ist auch schon vorgekommen: beim Zubereiten des Nachtischs. Zufällig hatte ein Naschmaul seinen Finger in die Creme getunkt und es bemerkt. Da gabs allerdings nichts mehr zu retten; alles nochmals von vorn! Klar, die Spötter hatten nicht mit Sprüchen gespart.

Beim Fleischanbraten gibt es Vorlieben. Einige setzen das Bratöl großzügig ein, andere sparsam. Die Einen würzen im Voraus, andere erst hinterher. Würzen betrachten wir eben nicht nur als Kunst, sondern auch als beliebtes Tummelfeld für Thesen und Meinungen.

»Was meinst du, soll ich noch etwas Curry dazugeben?«

»Ich würde nicht.«

»Doch, ich gebe noch eine Prise dazu.«

Einer unserer Könner – und er ist wirklich ein begnadeter Hobbykoch – hat stets sein Döschen Knorr-Aromat in der Hosentasche, selbstverständlich im Wissen, dass dieses Faule-Hausfrauen-Gewürz für Profis absolut tabu ist. Wenn der Küchenchef nicht in der Nähe ist, zückt er manchmal sein Döschen und gibt damit einer Suppe oder einer Soße den letzten Schliff – angeblich. Alle wissen das. Alle tolerieren es. Wir zwinkern uns zu und finden, dass die Welt dennoch in Ordnung ist.

Ein anderer Kollege hat stets seine Kamera dabei und fängt allerhand Szenen ein, ebenso die fertig angerichteten Teller. An der jährlichen Generalversammlung präsentiert er uns dann eine prächtige Bildershow, die immer Heiterkeit auslöst.

Irgendwann kommt der große Moment der Wahrheit, wenn uns der Chef zu Tische bittet. Die Vorspeise wird aufgetragen, zum Beispiel eine köstliche Linsensuppe mit Rahmtupfer. Dazu der Wein. Mit »zum Wohl!« stoßen wir echt helvetisch miteinander an und machen uns ans Genießen. An Lob und Anerkennung fehlt es nie. Ebenso wenig an witzigen Sprüchen und passenden Anekdoten.

Gleich anschließend wird der Hauptgang auf vorgewärmten Tellern angerichtet, dekoriert und serviert. Auch hier spenden sich Küchenchef und Köche gegenseitig Beifall. Zu Recht. Denn trotz Mätzchen – oder vielleicht gerade deswegen – verstehen es alle, hervorragend zu kochen.

Nachdem auch der krönende Nachtisch mit viel Genuss und anerkennenden Mienen in den Mägen verschwunden ist, ergreift der Obmann das Wort – sozusagen der letzte Menüpunkt. Er lässt uns die kulinarische Gesamtleistung des Abends diskutieren. Wenn alles gesagt, gedacht und manchmal auch verschwiegen ist, beendet er die Runde mit: »Das ist doch ein kräftiger Applaus für den Chef und uns Mannen wert!«

Dem hat meines Wissens noch nie jemand widersprochen.

Dann geht es ans unvermeidliche Aufräumen und Abwaschen. Manch einer mag im Innern schon geseufzt haben, dass Frauen im Kochklub doch sehr willkommen wären.

Die Verfolgung

Mich wundert bald nichts mehr. Schon seit mehr als einer Stunde schwebt die englische Telefonzelle über meinem Heck. Ganz gleich wie schnell oder langsam ich mit
meinem Oldtimer durch die eigenartige Landschaft
kurve, das feuerrote Ding bleibt dran. Weder der stän-
dige Wechsel von Sonne und Regen noch Blitze scheinen
ihm Eindruck zu machen, auch nicht meine gefährlichen
Abschüttelmanöver. Die weiß gekleidete Frau im Innern
der Kabine lässt sich durch nichts von ihrem Telefonge-
spräch ablenken. Ab und zu sehe ich sie im Rückspiegel
aufgeregt mit den Armen gestikulieren. Dabei schwingt
sie ihren schwarzen Haarschopf herum und wendet mir
ihr Gesicht zu; doch ihre Augen blicken durch mich hindurch und scheinen weder mich noch meine waghalsige
Fahrt wahrzunehmen. Sie ist völlig in ihr Gespräch vertieft.

Die Straße ist jetzt von großblättrigen, sich wirr bewegenden Sträuchern gesäumt. Sie tragen intensiv blaue und gelbe Blütenkelche. Ihr süßlicher Duft dringt bis ins Innere meines Autos. Auch tauchen links und rechts gigantische Palmen auf, die sich tief über mein Vehikel beugen. So, als ob sie mich grüßen wollen.

Mit trägem Flügelschlag flattern jetzt hinter mir Wesen, die eher Haien als Vögeln gleichen. Im Vorbeiflug reißen sie ihre Rachen auf und schnappen mit scharfen Zähnen nach der Telefonzelle und nach meinem Fahrzeug. Dabei strömen sie einen fürchterlichen Gestank aus, der durch die Fensterritzen in meine Nase dringt, mir den Angstschweiß aus allen Poren rinnen lässt und mich zu panischer Kurvenfahrt antreibt. Doch die fliegenden Ungeheuer lassen sich nicht abhängen. Immer wieder greifen sie an.

Glücklicherweise beschert mir der Zufall eine Nebelbank. Vielleicht kann ich jetzt allem entrinnen. Der Nebel ist nämlich so dicht, dass selbst die lästige Telefonzelle nur noch schemenhaft zu sehen ist. In ständiger Angst vor weiteren unheimlichen Überraschungen steuere ich mein Gefährt mit gedrosseltem Motor durch die trübfeuchte Suppe. Mit einem Mal gibt mein Radio grausige Geräusche von sich: Bald meine ich das Mark und Bein durchdringende Schreien von Mardern zu hören, dann wieder das grässliche Heulen von Wölfen.

So plötzlich wie der Nebel aufgetaucht ist, so unvermittelt löst er sich auf und gibt die Sicht auf eine friedliche, grüne Hügellandschaft frei. Auch das Radio hat aufgegeben. Nur die Telefonzelle samt Frau ist nach wie vor im Schlepptau. Wenigstens haben sich die grässlichen Vögel verflüchtigt.

Doch Aufatmen ist mir immer noch nicht vergönnt, denn jetzt führt die Straße in eine eng gewundene, düstere Schlucht. Von den zerklüfteten Felsen zu beiden Seiten stürzt grünliches Wasser herab. Kein Wunder, dass es so übel nach Schwefel und Moder riecht. Plötzlich klatschen braune Riesenkröten auf meine Windschutzscheibe, halten sich fest und stieren mich mit einem einzigen Riesenauge gierig an. Fällt eines der grausigen Biester vom Auto, so folgen ihm sogleich neue. Von Grauen geschüttelt und beinahe der Sicht beraubt, suche ich mühsam meinen Weg zwischen den Felswänden und finde endlich wieder zum Ausgang. Augenblicklich sind die Viecher verschwunden. Nur ein paar Schleimspuren auf der Frontscheibe erinnern an das gruselige Erlebnis.

Nach ein paar hundert Metern schnurgerader Straße taucht ein großer Parkplatz auf. Der Erschöpfung nahe biege ich in das völlig leere Areal ein, parke und stelle den Motor ab. Eben will ich meinen Kopf für einen Moment auf das Steuerrad sinken lassen, als ich sehe, wie meine rote Klette, die Telefonzelle, nur ein paar Schritte entfernt landet. Ich entscheide mich auszusteigen und nähere mich zögernd der Kabine. Drinnen immer noch die Frau, die ihr Gespräch offensichtlich durch nichts, aber auch gar nichts unterbrechen lässt. Einige Wortfetzen schnappe ich auf: »... ja, jeden Tag über 30 Grad ... strahlend blau von morgens bis abends ... jede Menge Palmen, sogar hier vor der Zelle, Dattelpalmen, nehme ich an ... Braun werden, wer will denn heute noch braun werden? ... Aber die Sache mit Ala und dem Hai das war unglaublich ... Hab ich dir doch geschrieben ... Wie, nicht angekommen? ... Ach so ... traumhafte Bootsfahrt bei Vollmond .... Nein, es ist nicht so, wie du denkst ... Ein Mal im Jahr muss das sein ... Ich muss Schluss machen, es wartet jemand vor der Türe ... Ich dich auch ... Tschüss!«

Während ich mich noch über ihre Flunkerei wundere, hängt die Frau ein und tritt heraus. Bevor ich ein einziges Wort an sie richten kann, löst sie sich in nichts auf. Verblüfft starre ich auf die Stelle ihres Verschwindens, als mit einem Pfeifen eine zweite, exakt gleiche Kabine vom Himmel herunter stürzt, die versucht, die erste von ihrem Platz zu verdrängen. Diese schießt sofort hoch und verwickelt den Eindringling in einen wilden Luftkampf. Metall prallt auf Metall. Mit den Armen über dem Kopf versuche ich mich gegen Glasscherben und Metallteile zu schützen. Da bekommt die erste Kabine Oberhand und schleudert die Angreiferin mit einem ohrenbetäubenden Knall auf die Erde, wo sie sich sofort in nichts auflöst. Kaum hat sich die Siegerin wieder auf ihren Platz gesetzt, erscheint – als ob nichts gewesen wäre – erneut die weiße Dame, öffnet die Tür, tritt ein, ergreift den Hörer und beginnt ein weiteres Gespräch.

Das ist mir des Seltsamen zu viel. Ich weiche zurück zum Oldtimer. Doch als ich den Türgriff packen will, lässt das Auto den Motor aufheulen und rast mit quietschenden Reifen ohne mich davon. Ich verliere das Gleichgewicht, gerate ins Taumeln, falle hart zu Boden und – finde mich schweißdurchnässt zu Hause am Boden neben meinem Bett. Das habe ich nun davon, dass ich aus lauter Langeweile die Nächte mit dem Verschlingen von Fantasygeschichten totschlage, während ich sehnsüchtig auf die baldige Rückkehr meiner Frau von ihrer Urwaldexpedition warte.

Die Kluft

Peter hatte sich vor Jahren mit seinem verwitweten Vater zerstritten, weil er nicht wie er den Zimmermannsberuf erlernen wollte, sondern sich ein Studium ertrotzt hatte. Er konnte sich nur dank einem Stipendium über Wasser halten, denn sein Vater war absolut nicht bereit, ihm einen so nutzlosen Beruf wie den eines Physikers zu finanzieren. Und als Peter nach seinem glänzenden Abschluss sich mit mir auch noch eine Psychologin als Ehefrau ins Elternhaus holte, wurde die Kluft zwischen den beiden noch tiefer. So kam es, dass Peter und ich uns vom alten Griesgram abwandten und ihm, wenn immer möglich, aus dem Weg gingen.

Nach der Geburt unseres Sohnes Philipp machte es den Anschein, als ob mein Schwiegervater etwas auftaute. Er konnte sich nämlich dem herzlichen Wesen und gewinnenden Charme unseres Dreikäsehochs nicht entziehen. Großvater und Enkel wurden sogar unzertrennlich.

Als Philipp vier Jahre alt war, wurde Großvater von einer heimtückischen Krankheit befallen, die ihn in wenigen Wochen dahinraffte. Peter war gerade auf Geschäftsreise in China, als sein Vater starb. Wegen eines Fluglotsenstreiks verpasste er die Beisetzung – ohne großes Bedauern, wie er mir nach seiner Rückkehr verriet. Im Haus gab es eine spürbare Entspannung. Nur unserem Philipp machte der fehlende Großvater Kummer.

Einige Wochen später kam Philipp mitten in der Nacht schluchzend ins Elternzimmer. Ich nahm ihn in die Arme und zog ihn zu mir ins Bett.

»Kannst du nicht schlafen, Philipp?«

»Ein Mann steht in meinem Zimmer. Mit Tränen in den Augen starrt er mich an. Das macht mich traurig, und ich hab Angst.«

Peter mischte sich ein: »Das ist doch dummes Zeug. Geh wieder schlafen!«

Ich aber hatte Verständnis für die Albträume unseres Vierjährigen, bettete ihn zwischen mich und Peter und strich ihm solange sanft über die blonden Haare, bis er ruhig wurde und einschlief.

Wir schenkten dem Vorkommnis keine allzu große Aufmerksamkeit. Aber Philipp wollte seit jener Nacht nur noch schlafen gehen, wenn wir im Korridor das Licht brennen ließen und seine Schlafzimmertür einen Spaltbreit offenblieb.

Eines nachts erschien Philipp erneut in unserem Zimmer, weinend diesmal. Er jammerte: »Der Mann ist wieder da, Mami«. Und wieder nahm ich den Kleinen liebevoll in die Arme und ließ ihn in unserem Bett übernachten.

In der nächsten Nacht wiederholte sich das Gleiche. Am Morgen machte Peter seinem Ärger über die gestörte Nachtruhe Luft: »Ich schätze es absolut nicht, Philipp, wenn ich nachts nicht durchschlafen kann. Ich brauche dringend Schlaf, denn ich habe im Geschäft momentan sehr viel um die Ohren«. Philipp erschrak wohl ob dem ungewohnten Gefühlsausbruch seines Vaters. Er machte große Augen und verstand nicht, was Vaters Geschäft mit dem nächtlichen Besucher zu tun haben sollte.

»Lass ihn doch, Peter. Vielleicht hat er wirklich etwas gesehen. Hast du doch bestimmt, Philipp, oder?«

»Ja, Mami. Da war wirklich ein Mann. Er hat mich wieder mit ganz traurigen Augen angeschaut.«

»Hört doch auf, ihr beiden! Ich werde euch beweisen, dass das nur Hirngespinste sind. Heute Nacht schlafe ich in Philipps Zimmer, und er kann in deinem Bett schlafen, Rita. Dann habe wenigstens ich meine Ruhe. Ihr werdet sehen, da ist nichts.«

Zu gewohnter Stunde begleitete ich Philipp zum Schlafen, diesmal ins Elternzimmer. Peter und ich debattierten noch eine Weile über Erziehungsmethoden. Er machte sich lustig über den angeblichen Spuk, auch über die Psychologie. Vergeblich versuchte ich, ihn zu überzeugen, dass Kinder manchmal mehr wahrnehmen als wir Erwachsenen. Einig wurden wir uns allerdings nicht.

Im Badezimmer verabschiedeten wir uns voneinander mit einem versöhnlichen Kuss. Peter löschte das Licht im Korridor, verschwand ins Kinderzimmer und schloss hin-

ter sich die Tür. Ich ging auf Zehenspitzen ins Elternzimmer, öffnete das Fenster und warf noch einen Blick
hinaus in die düstere Novembernacht. Dann schlüpfte
ich unter die Decke zum friedlich schlafenden Philipp.

Ich konnte lange nicht einschlafen und hörte die
Kirchenglocke Mitternacht schlagen. Eben war ich einge-
schlummert, als mich streitende Stimmen aufschreckten.
Sie schienen aus dem Kinderzimmer zu kommen. Als ich
aufstehen und nachsehen wollte, endete der Lärm. Philipp hatte das alles gar nicht mitbekommen; er schlief
ganz ruhig. Minuten später sank auch ich zurück in den
Schlaf.

Beim Frühstück erwähnten weder Peter noch ich das
nächtliche Geschehen. Ich merkte, dass er allein mit den
Vorkommnissen fertig werden wollte, und drängte ihn
nicht zu einem Gespräch.

Am Abend zögerte er das Schlafengehen ungewöhn-
lich lange hinaus. Aber das heiße Thema wollte er offenbar immer noch nicht anschneiden. Er bemerkte ledig-
lich, dass er diese Nacht nochmals in Philipps Zimmer
schlafen werde. Als wir zu Bett gingen, sah ich, dass Peter im Flur das Licht brennen ließ und außerdem die
Kinderzimmertür nur angelehnt war. In dieser Nacht
blitzte und donnerte es, dazu goss es in Strömen.

Morgens um drei erwachte ich aus dem Tiefschlaf
und spürte, dass Peter unter meine Decke schlüpfte. Er
schmiegte sich eng an mich, sagte aber kein Wort. Ich
merkte, dass sein Gesicht tränenüberströmt war. Als ich
die Arme um ihn schlang, ging sein Weinen in Schluch-
zen über. Solche Gefühlsausbrüche waren mir bei meinem Mann bisher völlig unbekannt. Schließlich beruhigte
er sich und schlief in meiner Umarmung ein.

Beim Frühstück schwieg sich Peter zunächst über die
nächtlichen Ereignisse aus. Plötzlich sagte er: »Noch so

eine Nacht und ich lasse das Kinderzimmer zumauern. Philipp kann im Gästezimmer einziehen.«

»War es dein Vater, Peter? Hast du dich mit ihm gestritten?«

»Ach lass! Ich muss selbst damit fertig werden.«

»Peter, mach doch deinen Frieden mit ihm. Versöhne dich!«

»Er ist tot und damit basta!«

Mit diesen Worten brach Peter auf ins Geschäft. Völlig ungewohnt gönnte er mir nicht einmal einen Abschiedskuss.

Abends kam er wortkarg und mit finsterer Miene nach Hause. Erneut zögerten wir das Schlafengehen hinaus. Und wieder ließ Peter im Hausflur das Licht brennen. Und auch diesmal blieb die Tür des Kinderzimmers einen Spaltbreit offen. Draußen hatte sich der Regen mittlerweile zu einem so heftigen Schneesturm entwickelt, dass unser altes Haus ächzte und zitterte.

Während Philipp wieder selig neben mir schlummerte, wälzte ich mich noch lange hin und her und fand nach langem zu einem unruhigen Schlaf. Plötzlich hörte ich, wie Peters Tür zuschlug. Im gleichen Moment setzte wüster Lärm ein. Das musste im Kinderzimmer sein. Ich hörte Peters Stimme und eine zweite – ohne Zweifel diejenige meines verstorbenen Schwiegervaters. Möbel krachten. An der Türe wurde geriegelt, ohne dass sie sich öffnete. Dann war der Spuk vorbei.

Am Morgen gestand Peter, dass er sich wirklich mit seinem Vater gestritten hatte. Wie von Sinnen habe der ihn angeschrien und ihm den Weg zur Tür versperrt. Er, Peter, habe wutentbrannt mit einem Stuhl nach ihm geworfen. Vergeblich. Schließlich habe er sich besinnen können und dem alten Griesgram seine Hand entgegengestreckt. Sogleich sei Entspannung, ja Friede auf Vaters

Gesicht eingekehrt und seine Gestalt habe sich in nichts aufgelöst. Vollständig erschöpft sei er, Peter, aufs Bett gesunken und sofort eingeschlafen.

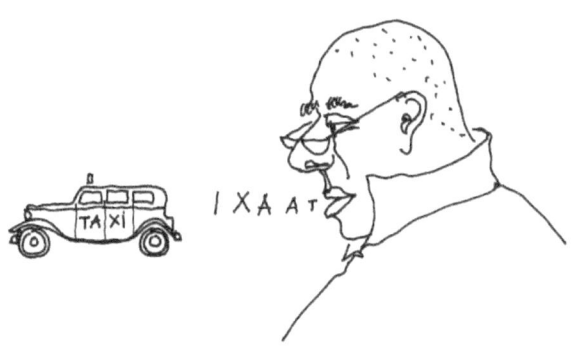

Ihr Taxi, Herr Rohner

In den New Yorker Flughäfen ein Taxi zu ergattern, ist wegen der dort herrschenden Hektik ungemein schwierig, vor allem aber sehr zeitraubend. Herr Rohner kennt das aus Erfahrung. Zufällig bietet ihm ein viel gereister Freund an, einen Taxifahrer zu organisieren. Er kenne ihn seit Jahren. Er sei sehr zuverlässig und jedes Mal zur Stelle gewesen – mit einem gut sichtbaren Namensschild.

Herr Rohner nimmt das Angebot gerne an und kann diesmal den Transatlantikflug völlig entspannt antreten. Er und seine Begleitung freuen sich auf einen stressfreien Abholdienst.

Im New Yorker Kennedy Airport läuft alles wie am Schnürchen. Die Kontrolle durch die Einwanderungsbehörden sind langwierig aber erträglich. Nach dem Prozedere stehen die beiden Reisenden nun vor der bunten Armada von Frauen und Männern, die Gäste abholen wollen. Namensschilder werden in die Höhe gestreckt oder hin und her geschwenkt. Ein schwarzer Riese in perfekt sitzendem Anzug mit Krawatte überragt die Menge. Seine Hand hält ein ovales, grünfarbiges Schild, auf welchem zweifelsfrei »Mr. Rohner« zu lesen ist. Aha, denken unsere Reisenden, das klappt ja wie versprochen; das ist unser Mann.

Sie treten auf ihn zu. Höflich und mit sonorer Stimme fragt er: »Mr. Rohner?«

»Yes, I am Mr. Rohner.«

Mit einem »Welcome Gentlemen!« packt er alles Gepäck und bringt es unverzüglich hinaus aus dem Terminal zu einer respektablen, schwarzen Limousine. Er drückt auf die Fernsteuerung: Der Kofferraum öffnet wie von Geisterhand. Schwungvoll verstaut er Koffer und Taschen. Dann öffnet er mit einer eleganten Bewegung die Hintertür, lässt seine Gäste mit einem »please« einsteigen, schließt die Türe und setzt sich vorn ans Steuer. Wortlos startet er den Motor und fährt los. Das Erste, was den beiden Reisenden auffällt, ist die angenehme Ruhe im Innern der Limousine – im Kontrast zum Flughafenlärm, dem sie eben entronnen sind.

Nachdem ihr Fahrer sich aus dem dichten Verkehr heraus auf den Highway gefädelt hat, dreht er seinen Kopf leicht nach hinten und stellt mit unmissverständlicher Bestimmtheit fest: »I bring you to Long Island.«

Die beiden Reisenden trauen ihren Ohren nicht und kommen sich beinahe wie in einem Krimi vor, wie bei einer Entführung.

»Sorry, we do not want to go to Long Island. Please bring us to our hotel in Manhatten.«

Darauf die lakonische Antwort: »I bring you to Long Island!«

»Sorry, but drive us right now to Manhatten!«

»You are Mr. Rohner from Paris, aren't you?«

»No, I am Mr. Rohner from Zurich!«

»Oh my God, I will lose my job.«

Mit diesen Worten reißt der Schwarze das Steuer herum, schwenkt in einem halsbrecherischen Manöver direkt über den Mittelstreifen hinüber auf die Gegenfahrbahn und rast zurück, woher er gekommen ist. Am Flughafen angekommen, holt er unsanft das Gepäck aus dem Kofferraum und stellt es auf den Gehsteig. Ohne ein Wort zu verlieren, sperrt er die Hintertür auf und winkt die Reisenden unwirsch heraus, schließt die Tür mit einem Knall und rennt ins Flughafenterminal.

Wie begossene Pudel stehen die zwei Reisenden da. Zum Glück haben sie sich die Telefonnummer des bestellten Fahrers notiert und können ihn anrufen. Nur eine Straße entfernt wartet er immer noch auf seine Gäste.

Von wegen stressfrei!

Auf den Säntis, kein Problem

Eine Bekannte unserer Familie sagte einmal: »Komm, erzähl! Es ist nämlich immer spannend, was in deiner Familie so alles passiert.«

Also gut. Es ist alles klar abgemacht. Die eine Gruppe wird sich im Bahnhof Luzern treffen, auf dem Platz vor den Bahnsteigen. Die zweite Gruppe wartet im Bahnhof Wattwil auf die Luzerner. Dann geht es per Postauto gemeinsam weiter zur Talstation der Säntis Luftseilbahn. Droben auf dem Berg wird schlussendlich der achtzigste Geburtstag der Mutter mit einem feinen Mittagessen gekrönt.

Alles beginnt nach Plan. Wie abgemacht trifft die Jubilarin ihren Ältesten vor den Bahnsteigen. Sie ist natürlich schon etwas zappelig. Der Sohn bittet seine Mutter, am Eingang des Bahnsteigs zu warten. Er werde inzwischen nach seinem Bruder Ausschau halten, der noch auf sich warten lässt. Zeit bleibe ja genug.

Kaum haben sie sich getrennt, begibt sich die rüstige Achtzigerin zum bereits wartenden Zug, steigt ein und setzt sich so an einen Fensterplatz, dass sie den Bahnsteig gut im Auge behalten kann. Das Aufeinandertreffen der beiden Söhne zieht sich dann allerdings etwas in die Länge. Je mehr die Zeit verstreicht, umso kribbeliger wird die Mutter. Und dann setzt sich die Bahn überraschend in Bewegung. Zum Aussteigen ist es zu spät. Während sich der Zug aus dem Bahnhof windet und mit zunehmendem Tempo erste Tunnels passiert, überlegt die Dame fieberhaft, was sie nun tun soll. Sie entschließt sich, den ersten Halt zum Aussteigen zu benützen und mit der nächsten Fahrgelegenheit nach Luzern zurückzufahren, was sie dann auch tut. Bis jetzt hat sie Glück gehabt; denn weder auf dem Hin- noch auf dem Rückweg ist ein Zugbegleiter aufgetaucht, um ihre Fahrkarte zu kontrollieren. Diese haben nämlich die zurückgebliebenen Söhne in der Tasche, denn schließlich ist ihre Mutter zum Säntisausflug eingeladen.

Inzwischen sind die beiden Brüder in Luzern zusammengetroffen. Sie eilen straks zum Bahnsteig und finden ihn leer. Weder Mutter noch Zug sind da. Fieberhaft überlegen sie, wie sie der Jubilarin wieder habhaft werden könnten. Anrufen kommt nicht infrage, denn sie besitzt kein Mobiltelefon. Deshalb entscheiden sie, dass der Ältere in den nächsten Zug einsteigen, auf der ersten größeren Bahnstation, in Arth-Goldau, wieder aussteigen und auf dem Bahnsteig warten soll. Der Zweite würde inzwischen hier bleiben und aufpassen, ob Mutter vielleicht wieder hierher zurückkehren werde.

Und, oh Wunder, die Rechnung geht auf. Die Mutter trifft tatsächlich mit dem nächsten Zug wieder in Luzern ein. Das Gespräch über das Missverständnis soll nicht eben freundlich gewesen sein. Aber gut, sie haben sich gefunden.

Während Mutter und Sohn sich in den Bahnwagen setzen und auf die Abfahrt warten, sitzt der ältere Bruder wie abgemacht bereits im Bahnhof Arth-Goldau auf einer Bank. Er genießt die Ruhe, so weit es die Aufregung zulässt, und versinkt in die Betrachtung der hin und her eilenden Reisenden.

Schließlich trifft der Zug mit den beiden Passagieren aus Luzern ein. Sie sind gespannt auf das Wiedersehen. Doch so sehr sie auch ihre Nasen an die Fensterscheiben drücken, vom älteren Sohn ist weit und breit nichts zu sehen. Schließlich setzt sich der Zug ohne ihn wieder in Bewegung. Im letzten Moment entdecken sie ihren dritten Mitreisenden auf einer Bank. Er ist so sehr in seine Betrachtungen versunken, dass er den einfahrenden Zug völlig übersieht. Im letzten Moment bemerkt er zwar noch die heftig winkenden Wegfahrenden, doch der Moment zum Einsteigen bleibt definitiv verpasst.

Nächster Treffpunkt vor dem Umsteigen auf den Bus ist der Bahnhof Wattwil. Die dort wartende zweite Gruppe hat via Mobile bereits erfahren, dass es eine große Verspätung geben wird, die Chancen aber gut stünden, dass doch noch alle zusammentreffen.

Dem tadellos funktionierenden schweizerischen Verkehrsnetz und seinem Halbstundentakt ist es zu verdanken, dass die Verspätung schließlich wenig mehr als eine Stunde beträgt.

So besteigt die vereinte Familie den Postbus und achtet unauffällig darauf, dass die Jubilarin nicht noch ein zweites Mal abhandenkommt. Wenig später treffen alle an der Talstation der Schwebebahn zum Säntis ein. Zum Glück endet die Postautostrecke genau hier. Es hätte nämlich passieren können, dass die Familie vor lauter Aufrollen der Geschichte das Aussteigen verpasst hätte.

Auf dem Säntisgipfel herrscht Hochsommerwetter. Die betörende Aussicht gibt den Blick frei auf unzählige Alpengipfel, ein wohlverdienter Lohn für die höchst abenteuerliche Geburtstagsreise. Nach einigem Staunen und Genießen sagte die Jubilarin völlig unerwartet: »Ich möchte wieder hinunter.«

»Das kann doch nicht dein Ernst sein! Wir sind doch erst angekommen.«

»Nein, nein, ich will nicht abwärts ins Tal. Nur diese Stiege hier hinunter ins Restaurant. Es ist etwas windig hier oben.«

Erleichtert begibt sich die Familie ein Stockwerk tiefer an die Mittagstafel und genießt entspannt, was aufgetragen wird.

Übrigens soll auf dem Nachhauseweg die alte Dame nochmals beinahe in einen falschen Zug entwischt sein.

Gesicht gewahrt

Sie sind beide nicht mehr die Jüngsten. Seit es gegen die Achtzig geht, wollen die Beine nicht mehr mitmachen wie früher. Deshalb schätzen sie ihr Auto sehr; es gibt ihnen einen gewissen Freiheitsgrad, Lebensqualität eben.

Wenn sie neben ihm auf dem Beifahrersitz mitfuhr, musste sie in den vergangenen Jahren mehr und mehr aufpassen, dass er nicht zu weit nach rechts geriet und Radfahrern das Leben schwer machte. Dass er manchmal ihre sachten Ermahnungen einfach nicht hörte, machte das Autofahren nicht immer zum Vergnügen – wenigstens nicht für sie.

Gelegentlich ermahnte sie ihn, sich endlich vom Hausarzt auf Fahrtauglichkeit testen zu lassen. Doch er winkte stets mit der Begründung ab, sein Freund, der Arzt habe bisher nie etwas zu bemängeln gehabt.

Eines Tages musste er wegen einer Kreislaufschwäche in klinische Behandlung gehen. Seine Frau wollte die Gelegenheit nutzen und bat den behandelnden Arzt, die Fahrtüchtigkeit des Patienten zu überprüfen, also Augen und Ohren zu testen. Doch der Arzt beschied ihr, dass dies die Aufgabe des sozialpsychologischen Dienstes sei.

Überraschend sagte der Patient seiner Frau zu, nach seiner Genesung eben diesen Dienst in Anspruch zu nehmen. Er hielt Wort. Und der Befund: Alle Tests einwandfrei bestanden.

»Ich habs doch immer gesagt: Alles bestens«, war der Kommentar des glücklichen Rentners.

»Und würdest du auch der Überprüfung deiner Fahrkünste standhalten?«, entgegnete seine Frau listig.

»Auch das. Ich werde mich gleich selbst anmelden.«

Tat es, und chauffierte einen Fahrlehrer fast eine Stunde lang durch Stadt und Land. Auch der hatte nicht das Geringste auszusetzen und sparte nicht mit Komplimenten.

Wochen später streifte der rüstige Senior beim Einfahren in seine Garage die Seitenmauer. Kein großer Schaden, nur ein störender Kratzer. Tags darauf fuhr er zu seiner Autowerkstatt, verkaufte dem Inhaber auf der Stelle das Auto und ließ sich von ihm nach Hause fahren. Seinen Führerschein und einen kurzen Brief mit der Bemerkung, er gebe das Autofahren hiermit auf, steckte er in einen Umschlag und adressierte ihn an das Straßenverkehrsamt.

Erleichtert dankte ihm das seine Frau mit einem feinen Abendessen. Er kürte es mit einem besonderen
Tropfen aus dem Keller.

frühsenile Bettflucht
senil lectifuga praesenilis

Lectifuga Praesenilis

Fachleute haben manchmal die Gewohnheit, ihre Spra-
che mit Ausdrücken auszuschmücken, die den Laien
dumm aussehen lassen. Da ist beispielsweise vom großen
Gestus die Rede, von mitreißendem Groove und anderem mehr. Und wer schon einmal von einem Informati-
ker ein PC-Netzwerk installieren ließ, weiß, wovon die
Rede ist. Nicht selten scheut man sich, nachzufragen und
sich damit eine Blöße zu geben.

Einst nahm ich in den USA an einem Radiologenkon-
gress teil. Mediziner und Physiker sind dort unter sich
und können sich ohne Hemmungen in ihrem Fachjargon
unterhalten. Der Freund, der mich begleitete, war selbst
Doktor der Physik. In einem gut besetzten Hörsaal folg-

ten wir interessiert der Vorlesung eines berühmten Professors, offenbar über etwas Bahnbrechendes. Ich hatte nur das Wenigste und das Wenige auch nicht im Detail begriffen. Das gab ich anschließend meinem Freund preis. Er lächelte und sagte:

»Wenn du als Experte zu anderen Koryphäen sprechen willst und dein Thema ankommen soll, dann tust du gut daran, den Inhalt einschließlich der Verbrämung mit Fachausdrücken so zu gestalten, dass du das Niveau deiner Zuhörer etwas übersteigst. Selbstverständlich gehört dazu, dass du deine Klugheiten mit Bildmaterial ausschmückst. Wichtig ist nur, dass die Zuhörer glauben, einiges verstanden zu haben, dir aber nicht in allen Teilen zu folgen vermögen.

Pendelst du dich hingegen genau auf ihre Wissensstufe ein, so werden sie hinterher sagen, dass du nichts Spezielles vorgetragen hast. Trittst du hingegen im Sinn des Wortes als überragender Referent auf, werden sie dich entweder mit etwas Understatement als *sehr interessant* beurteilen, dich eventuell als *Kapazität* betiteln oder sogar als *magistral* loben. Und das nur, um zu vertuschen, dass sie längst nicht alles begriffen haben.«

Was mein Freund, selbst ein gewiefter Referent, mit seinen sarkastischen Feststellungen den Medizinern und seinen Physikerkollegen unterschob, trifft für beliebige andere Fachdisziplinen ebenso zu. Und an Fachkongressen hat das Methode.

Einige Monate später machten wir uns im Freundeskreis über Frühaufsteher lustig, ein Verhalten, das einer weitverbreiteten Meinung nach nicht erst im vorgerückten Alter zur Gewohnheit werden kann. Natürlich musste er fallen, der bekannte Ausdruck *frühsenile Bettflucht.* Aus unerfindlichen Gründen kamen mir in diesem

Augenblick die spitzen Bemerkungen meines Physiker-
freundes in den Sinn. Sie brachten mich auf den Gedanken, der *frühsenilen Bettflucht* in nächster Zeit einen
neuen medizinischen Fachausdruck zu verpassen.

In meinem Bekanntenkreis gibt es einen humorvollen
Professor für Griechisch und Latein. Ihm erklärte ich
mein Anliegen. Das amüsierte ihn, und nach einigem
Nachdenken kreierte er den Begriff *lectifuga praesenilis*,
was wörtlich bedeutet: *die Flucht vor dem (Bett-) Laken
im Vorgreisenalter.*

Jetzt musste nur noch eine geeignete Plattform für
das Einpflanzen des Keims her. Ich hatte häufig mit Pro-
fessoren von medizinischen Kliniken zu tun. Scheinbar
zufällig begann ich, dort den neuen Fachausdruck in Gesprächen fallen zu lassen. Niemand fragte nach. Die hohen Herren gaben sich so, als ob ihnen der Begriff längst
geläufig wäre. Ein gutes halbes Jahr geschah nichts. Doch
eines Tages hörte ich in einer Universitätsklinik, dass jemand ganz beiläufig die *lectifuga praesenilis* erwähnte.
Der Keim war auf fruchtbaren Boden gefallen.

Ob der neue Begriff im *Pschyrembel*, dem klinischen
Wörterbuch schon Eingang gefunden hat?

Kopfschütteln ist hier fehl am Platz. Auch auf anderen
Gebieten entstehen laufend neue Begriffe, mit denen
man sich interessant machen kann oder machen möchte.
Ich bin mir nicht sicher, ob da gelegentlich nicht Schlitz-
ohrige wie ich am Werk sind.

Schreie

»Feddersen lebt ein ausgesprochen geordnetes Leben. Man kann die Uhr nach ihm richten. Selbst wenn das Schlagwerk der benachbarten Kirche ausfällt, wird er dennoch Punkt acht Uhr das Büro betreten und es abends genau zur festgelegten Zeit verlassen.« So die Behauptung der Leute, die mit ihm zu tun hatten. Sein grauer Businessanzug war immer einwandfrei gebügelt und die Schuhe glänzten stets wie neu. Seine Aktenmappe enthielt täglich dasselbe: ein in gebrauchte, aber sorgfältig geglättete Alufolie verpacktes Sandwich, ein Tiermagazin und ein Finanzblatt – alles für seinen exakt dreißigminütigen Mittagslunch am Arbeitsplatz um zwölf. Feddersen war Buchhalter, dessen Zahlen ebenso akkurat stimmten, wie sein Aussehen. Im Übrigen war er ein völlig unbeschriebenes Blatt, von dem man nur wusste, dass er seine früheren Jahre in den asiatischen Tropen verbracht hatte. Seine Unauffälligkeit war geradezu auffällig. Irritierend war nur eine Art Kellergeruch, der von ihm ausging.

An einem Donnerstag im Spätherbst verließ er wie jeden Tag um 17.30 Uhr sein Büro. Der Pförtner in der Empfangshalle bemerkte: »Pünktlich wie immer, Herr Feddersen«.

»Jawohl«, murmelte er wortkarg vor sich hin, »auf Wiedersehen«.

Wie immer erreichte er pünktlich den Bus der Linie 60.

»Ein schöner Abend heute«, begrüßte Feddersen den Busfahrer Willy Otremba.

»Es soll aber noch Regen geben«, gab dieser zurück.

»Davon hatten wir schon genügend in letzter Zeit«, meinte Feddersen.

»Da haben Sie recht«, meinte Otremba und startete den Bus, wie er dies schon seit Jahren tat.

Feddersen nickte zerstreut, ging nach hinten, setzte sich auf den gleichen Platz wie immer und klaubte das Tiermagazin aus seiner Ledermappe. Wie jeden ersten Donnerstag im Monat stieg er eine Haltestelle früher aus, um in einer Tierhandlung zwei lebende Ratten in einem kleinen Käfig zu kaufen.

Dann machte er sich auf den Nachhauseweg. Er betrat die Nr. 48, ein großes Mehrfamilienhaus, in dessen Treppenhaus es unangenehm roch; niemand wusste warum. Er stellte den Rattenkäfig vor den Briefkästen auf den Boden, klemmte die Aktenmappe unter den Arm und klaubte die Schlüssel hervor, um den Briefkasten zu leeren. Da kam seine Wohnungsnachbarin, die alte Grendelmaier die Stiege herunter. Sie rümpfte beim Anblick des Rattenkäfigs abschätzig die Nase. Feddersen murmelte einen knappen Gruß. Er griff nach der spärlichen Post, packte den Rattenkäfig und stieg die Treppe zu seiner Wohnung hoch. –

Am nächsten Tag erschien Feddersen nicht im Büro. Und weil das überhaupt noch nie vorgekommen war, rief ein Bürokollege besorgt bei ihm zu Hause an. Keine Antwort. Man schickte einen Lehrling, um nachzusehen. Der klingelte wiederholt doch vergeblich an Feddersens Wohnungstür. Schließlich rief er mit dem Mobile im Büro an, wo man ihm riet, bei der Nachbarwohnung nachzufragen. Frau Grendelmaier öffnete einen Spalt weit und fragte abweisend: »Was wollen Sie?«.

»Wir vermissen Herrn Feddersen. Er ist heute Morgen nicht im Büro erschienen. Wissen Sie, ob er da ist?«

»Ich weiß nur, dass er gestern Abend mächtig Radau gemacht hat. Getobt und geschrien hat er.«

Nach dieser Nachricht und einem erneuten Anruf im Büro, gab man ihm den Auftrag die Polizei zu rufen. Die rückte mit zwei Uniformierten an, die bei Feddersen zunächst Sturm läuteten und dann an die Wohnungstüre polterten. Als sich immer noch nichts regte, schickten sie nach dem Hausmeister, der schließlich mit dem Hauptschlüssel öffnete, während die alte Grendelmaier und der Lehrling den drei Männern neugierig über die Schultern blickten.

Aus der Wohnung drang ihnen der merkwürdige Kellergeruch und trockene Wärme entgegen, wie in einem Zoo. Während die Polizisten mit gezückten Waffen in die Wohnung eindrangen, entwich eine große Ratte zwischen ihren Beinen hindurch und verschwand quietschend im Treppenhaus. Frau Grendelmaier flüchtete kreischend in ihre Wohnung. Die Beamten fanden zur Rechten das Badezimmer und die Küche hell erleuchtet, tadellos aufgeräumt – aber leer. Zur Linken stand der Eingang ins Schlafzimmer sperrangelweit offen, aber auch hier keine Spur des Gesuchten. Geradeaus war die Tür zum Wohnzimmer nur angelehnt. Die Polizisten stießen sie ganz auf und sahen sich einer grausigen Szene gegenüber. In einer Art gläsernem Käfig, der den Raum zu zwei Dritteln ausfüllte und der in das Licht von Wärmelampen getaucht war, wand sich ihnen durch die offene Käfigtüre ein riesiges Reptil entgegen – ein über sechs Meter langer Netzpython, wie sich später herausstellte. Im Glaskäfig hielt eine zweite Schlange den halb nackten, blau verfärbten Körper von Feddersen umschlungen. Der Tote schien in einem grässlichen Todesschrei erstarrt, und die Augen quollen ihm aus dem aufgedunsenen Kopf. Im Rachen des Pythons steckte ein Arm Feddersens.

Geistesgegenwärtig machte einer der Polizisten der herankriechenden Schlange mit mehreren Schüssen den Garaus. Das tat schließlich auch der andere mit dem immer noch würgenden Python. Dann herrschte Totenstille. Nur draußen vor der Wohnung drängten sich lautstark die durch die Schüsse angelockten Mitbewohner, um einen Blick auf das Geschehen zu erhaschen.

Am nächsten Tag titelte die Sensationspresse: »Buchhalter zu Hause von riesigem Netzpython erdrosselt und verschlungen.«

Körper – Seele – Geist

Was geht einem nicht alles durch den Kopf, wenn man die griechische Insel Kreta besucht. Vielleicht der sagenumwobene König Minos und sein Labyrinth mit dem menschenfressenden Minotaurus? Oder Theseus, der Götter Sohn und Abenteurer, der dem Tierköpfigen schließlich mit bloßen Händen den Garaus machte? Und wie er dank dem roten Faden der Ariadne wieder aus dem Labyrinth herausfand?

Dem Wanderer bietet sich auf der gebirgig wilden Insel ebenfalls ein Labyrinth aus steilen und verschlungenen Ziegen- und Eselspfaden nämlich, auf denen die Götter Steine und stacheliges Gebüsch in den Weg legten. Doch werden die Kratzer an den Beinen und der Schweiß auf der Stirn reich belohnt durch den Anblick der Berglandschaften und Dörfer, deren weiß getünchte Häuser an den Abhängen kleben und von endlosen, bis

in die Täler reichenden Olivenhainen umgeben sind. O-
der mit dem Abstieg ans Meer, wo die Wellen das Ufer-
gestein seit Urzeiten hinauf- und hinunterrollen und zu
glatten Kieseln schleifen. Die Melodie des Wassers, das
ohne Unterlass mit Steinen spielt, bleibt lange in den
Ohren zurück.

Von Frühling bis Herbst brechen schon frühmorgens
Wandergruppen in die Dörfer ein, um sich vor dem Auf-
bruch in einem Kafenion mit einem griechischen Kaffee
oder einem Frappé[1] aufzumuntern. Dort treffen die
Fremden auf alte Männer, die um diese frühe Stunde
bereits draußen oder drinnen in Gespräche vertieft sind
oder sich im Tavlispiel[2] vergessen und an ihrem Kaffee
nippen. Es sind von langjährig harter Arbeit gezeichnete
Menschen. Manche tragen altmodische, große Brillen
und sind so bejahrt, dass sie alle Zähne verloren haben
oder sich auf einen Stock stützen müssen. Fremde werden neugierig gemustert und meistens mit einem
freundlichen *Kalimera*, einem *Guten Tag* begrüßt.

Es ist nicht auszumachen, was ihnen beim Anblick
der Touristen in ihrer wetterfesten Markenbekleidung
und den seltsamen Wanderstöcken durch den Kopf geht.
Eine kundige Reiseleiterin hat einmal erzählt, dass die
Griechen anstelle unseres Spruchs »Du hast sie wohl
nicht alle« mit einer Handbewegung in Richtung Berge
zeigen und damit ausdrücken: »Geh in die Berge wandern!«

Kürzlich besuchte ich mit einer Wandergruppe im
Süden der Insel das Bergdorf Meronas, der Ausgangs-
punkt für den Abstieg in ein fruchtbares Tal. Das Dorf
besitzt ein Kleinod aus dem vierzehnten Jahrhundert: die

---

[1] Kalter Kaffee mit Eis und einer braunen Schaumkrone
[2] Backgammon

kaum dreihundert Quadratmeter große Maria-Himmel-fahrts-Kirche. Der herbeigerufene Pope schloss für uns das dreischiffige Heiligtum auf. Die ehrwürdige Gestalt im traditionellen schwarzen Talar mit gepflegtem, grau melierten Vollbart und ebensolchem Haar schilderte uns mit schlichter Zurückhaltung die Symbolik der einzigartigen Fresken und Ikonen. Niemand würde in diesem Bergdorf einen so reichen Kulturschatz byzantinischer Archäologie vermuten, der glücklicherweise unter dem Schutz des griechischen Kulturministeriums steht.

Draußen vor dem Heiligtum ließ der Pope von unserem Reiseführer Michael Zitronen von einem Baum pflücken, um sie uns zum Geschenk zu machen. Beim Abschied verrieten wir ihm, dass wir am Ende unserer Wanderung in einem benachbarten Dorf ebenfalls den Popen aufsuchen würden, was ihn sichtlich freute. Natürlich wusste er, dass sein Kollege Wirt einer Taverne war. In Griechenland ist es nämlich üblich und auch notwendig, dass die Popen neben ihrem Amt mit einem zweiten Beruf das eher karge staatliche Gehalt aufbessern.

Und so machten wir uns auf den Weg, hinunter ins fruchtbare Amari-Becken, wo die Olivenbäume voll behangen auf die Ernte warteten, die kurz bevorstand. Nach einigen Stunden und ausnahmsweise auf breiten Pfaden stiegen wir hinauf zu unserem Ziel, einem kleinen Dorf, das wohl schon bessere Zeiten gesehen hatte. Der Pope, der von unserer Ankunft wusste, erwartete uns bereits vor seiner Taverne. Er war eine ganz andere Erscheinung als sein edler Amtsbruder von Meronas. Zwar trug auch er den Talar. Allerdings hatte er die Rockschöße hochgerafft und kurzerhand in die Hosentaschen gesteckt; um mehr Bewegungsfreiheit zu haben, erklärte er.

Im Schatten der Bäume deckte er einen langen Tisch und trug Rotwein, Bier, Wasser und Brot auf. Als Mittagsmahl reichte er uns einen typisch griechischen Salat mit saftigen Tomatenstücken, schwarzen Oliven, Gurkenscheiben, grob geschnittenen Zwiebeln und grünen Salatblättern. Das Ganze hatte er mit einer übergroßen Scheibe Feta belegt. Er bediente uns sehr aufmerksam und ließ es an nichts fehlen, vor allem nicht an Getränken. Am Ende erschien er mit dem obligaten Raki[3], ohne den hierzulande kein Essen enden durfte. Dann gesellte er sich zu uns, füllte immer und immer wieder die kleinen Schnapsgläser und trank kräftig mit. Obwohl er nur wenig Englisch sprach, und wir sein Griechisch nur über unseren Reiseleiter verstehen konnten, entstand mehr und mehr eine ausgelassene Stimmung – dem Raki sei Dank!

Schließlich brachen wir in Begleitung unseres Gastgebers auf, um seinem pensionierten Amtsbruder, dem Raki-Brenner ebenfalls einen Besuch abzustatten. Wir fanden den Greis mit seinem weißen schütteren Bart in einem baufälligen Schuppen. Er saß an der Wand hinter einem Tisch und schien etwas abwesend. Seine kaum jüngere, aber entschieden lebhaftere Frau, dirigierte stellvertretend den kleinen Brennereibetrieb. Eben entfernte der Sohn den mit einem Mehlwassergemisch verklebten Deckel des Brennkessels, entsorgte die ausgelaugten Tresterstauden und schuf Platz für die nächste Charge. Man sah das Verdampfungsrohr aus dem Deckel ragen und in das mit kühlem Wasser gefüllte Fass münden, wo die Leitungsspirale bis zum Ausfluss führte. Der Kessel ruhte auf einem steinernen Ofen, der mit Olivenholz befeuert wurde. Erneut wurde der Brennkessel mit Trester

---

[3] Kretischer Weintrester

und ein paar Ginsterzweigen beschickt. Nachdem der Deckel aufgesetzt und abgedichtet war, begann bald wieder der Raki zu fließen. Überall standen volle und leere Glasflaschen herum. Die Brennerei lief auf Hochtouren. Natürlich ging es auch hier nicht ohne großzügiges Ausschenken von Raki. Und wieder hielt unser Tavernenpope ungebremst mit. Wer von uns Wanderern nicht mehr trinken mochte, dem wurde von den Gastgebern wie überall im Land grinsend beschieden: »Das ist nicht Alkohol – das sind Vitamine!« Und schon war das Gläschen wieder voll. Endlich gelang uns der Abschied. Den Bus erreichten wir auf ziemlich unsicheren Beinen. Kaum hatte er sich in Bewegung gesetzt, machte der Branntwein die Lider schwer und versetzte diesen oder jenen in einen glückseligen Schlaf.

Was für ein außergewöhnlicher Tag! Eine Wanderung von Pope zu Pope, die unterschiedlicher nicht hätten sein können: Der Erste für die Seele, der Zweite für den Körper und der Dritte, ja den könnte man Flaschengeist nennen!

Koffer für die letzte Reise

An diesem Samstagmorgen steht der Balkon im Licht der ersten Sonnenstrahlen, die einen warmen und farbenprächtigen Herbsttag versprechen. Der kleine runde Tisch ist für das Frühstück aufgedeckt. Frischgebackene Croissants und der Duft aus der Espressomaschine locken Ralphs Nase. Er schenkt sich ein Glas frisch gepressten Orangensaft ein und lässt sich das kühle Getränk genüsslich durch die Kehle fließen. Um die Erinnerungen an unvergessliche Tage in Paris wieder aufleben zu lassen, hatte er im Wohnzimmer eine CD aufgelegt. Die Musetteklänge reichen bis auf den Balkon hinaus.

Er hat eine arbeitsreiche Woche hinter sich und will sich nun mit einem ungestörten Wochenende belohnen. Nach dem Frühstück möchte er sich auf eine ausgedehnte Wanderung in die nahe Hügellandschaft machen und sich am Mittag in einem Landgasthof verwöhnen lassen. Gegen Abend wollte er sich mit seiner Freundin zum Aperitif treffen. Und dann Lust und Laune den Lauf lassen.

Er gießt sich einen Espresso ein, bedient sich mit Butter und Honig und streckt eben die Hand nach einem Croissant aus, als sich sein Mobile mit Fanfarenklang meldet.

»Hallo?«

»Ich bins, Eckhardt.«

»Am heiligen Samstagmorgen.«

»Tut mir leid, Ralph. Aber ich hatte heute Nacht einen schweren Traum, der mich immer noch sehr beschäftigt. Ich muss mit jemandem darüber reden können.«

»Jetzt, am Telefon? Oder willst du lieber hier vorbeikommen?«

»Gerne, ja. Aber ich würde auch Ron mitnehmen. Ich habe ihn vor ein paar Minuten angerufen. Er hätte Zeit.«

»Weiß er, um was es geht?«

»Nein. Ich erzähle es euch, wenn wir uns treffen.«

»Hör mal, ich mache dir einen Vorschlag. Ihr kommt jetzt beide zu mir. Dann wandern wir zum *Bellevue*, dem Aussichtspunkt nicht weit von hier.«

»Einverstanden. Ich spreche mich mit Ron ab. Wenn du in den nächsten paar Minuten nichts von mir hörst, sind wir in etwa einer Stunde bei dir — gestiefelt und gespornt.«

»Ok, Eckhardt. Aber Turnschuhe tuns auch.« »Alles klar, Ralph. Bis später!«

Die drei Junggesellen sind seit Jahren miteinander vertraut. Hat einer eine Sorge, so fragen die andern beiden weder nach dem Was noch nach dem Warum. So rasch es möglich war, schaffen sie füreinander Zeit.

Ralph mag sein Frühstück jetzt nicht mehr mit Lust genießen. Nachdenklich räumt er das Frühstücksgedeck ab und rüstet sich fürs Wandern. Kaum eine Stunde später kann er seine Freunde an der Haustüre begrüßen.

»Wollen wir uns kurz hinsetzen? Du kannst uns dann erzählen, Eckhardt, was dich bewegt.«

»Wenn ihr nichts dagegen habt, machen wir uns doch gleich auf den Weg.«

Ron und Ralph sind einverstanden. Der Weg führt die Drei an ein paar Häusern vorbei und dann hinein in einen Laubwald. Da und dort durchbrechen Sonnenstrahlen das herbstliche Laubdach. Schweigend folgen sie dem Pfad und gedulden sich, bis Eckhardt bereit ist, zu erzählen.

»Ich kann mich nicht mehr an jedes Detail aus meinem Traum erinnern. Aber ich meine, der Schauplatz war mein Elternhaus. Ich saß am runden Holztisch in der guten Stube und hatte ein Buch vor mir. Der Titel ist mir entfallen. Außer mir war niemand im Raum. Dennoch hatte ich das Gefühl, nicht allein zu sein. Und tatsächlich begann sich mir gegenüber aus dem Nichts eine unheimliche Gestalt zu materialisieren. Kein Zweifel, die Erscheinung war der Sensemann: Eingehüllt in einen schwarzen Kapuzenmantel, der seinen knöchernen Schädel verhüllte und bis zum Boden reichte. Nur leere Augenhöhlen und das Gebiss waren zu erkennen. Auch die

Sense fehlte nicht. Die Gestalt fixierte mich lange, während es im Raum so kalt wurde, dass ich zu frösteln begann. Dann hob der Tod mit schneidender Stimme an zu sprechen:

›Eckhardt, halte dich bereit für die letzte Reise und richte deinen Koffer! Ich komme wieder.‹

Schlagartig erwachte ich, war schweißnass von Kopf bis Fuß und bebte vor Schreck. Vom nahen Kirchturm schlug es Mitternacht. An Schlaf war nicht mehr zu denken. Ich stand auf und begann nervös herumzulaufen. Der Traum hatte mich erschüttert und aufgewühlt. Erst kürzlich war ich beim Sportarzt gewesen. Er hatte mir eine hervorragende Kondition attestiert. Ich fühlte mich kerngesund. Was könnte mir denn schon passieren? Wie konnte es zu diesem endzeitlichen Traum kommen?«

Ron und Ralph läuft es kalt über den Rücken. Sie sind stehen geblieben. Niemand ergreift das Wort, bis schließlich Ron das Schweigen durchbricht.

»Dein Traum bewegt mich, Eckhardt, denn ich habe eine schmerzvolle Beziehung zum Tod. Bestimmt erinnerst du dich an Silje, die mir vor Jahren ein Blitzschlag entrissen hat.»

»Ja, aber jetzt meint der Tod mich, mich persönlich.«

»Das stimmt, Eckhardt«, unterbrach Ralph. »Doch vielleicht steckt im Traum eine ganz andere Botschaft.«

»Die da wäre?«

»Der Tod hat dich nicht unmittelbar aus dem Leben geholt. Er hat dir Aufschub gewährt.«

»Ja, und? Er drohte, dass er mich bald holen werde.«

»Drohte? Vielleicht wollte er dir nur bewusst machen, dass das Leben, ja jeder Lebensabschnitt einen Anfang und ein Ende hat. Der Koffer könnte ein Symbol dafür sein, dass nach dem Ende wieder ein Anfang kommt – in einem immerwährenden Kreislauf.«

Ron nimmt den Faden auf und fährt fort:

»Tatsächlich. Ein solcher Kreislauf lässt sich auch in den kleinsten Zeiteinheiten beobachten. Jeder Atemzug ist wie eine kleine Geburt und ein kleiner Tod.«

Eckhardt denkt nach und spinnt den Gedanken weiter: »Du meinst, das Gleichnis vom Atmen oder vom Herzschlag oder auch der Auf- und Untergang der Sonne oder die sich ständig wiederholenden Jahreszeiten und auch das Pulsieren im Weltall. Das deutet man oft als das Naturgesetz des endlosen Zyklus von Werden und Vergehen. Und mein Traum wollte darauf hinweisen?«

»Zumindest ein interessanter Gedanke!«, sagt Ralph. »Lasst mich daran anknüpfen und der Gestalt des Todes eine Dimension hinzufügen, die wir möglicherweise übersehen haben. Ein Sprichwort sagt, dass jede Medaille ihre Kehrseite hat. Vielleicht sehen wir vor lauter Schreck beim Sensenmann nur die düstere Seite und übersehen den Gegenpol, den Lebensspender auf seiner Rückseite. Schließlich sind Einatmen und Ausatmen ebenso eng verflochten wie Leben und Tod, ebenso polar wie unzählige Gegebenheiten in der Welt.«

»Deine Logik, Ralph, ist überzeugend. Als Junge habe ich in der religiösen Erziehung zwar den Glauben an das Jenseits vermittelt bekommen. Doch die Welt, in der ich aufgewachsen bin, wich und weicht immer noch dem Thema Jenseits aus; ein Leben nach dem Tod ist nicht vorgesehen.

Wir fahren bedenkenlos Auto, auch wenn wir wissen, dass unsere Mobilität tagtäglich Menschenleben kostet; wen bewegt das schon! Wenn es hingegen ums eigene Sterben geht oder um den Tod von Angehörigen und Freunden, so schreien wir Ach und Weh und setzen Jammermienen auf. Aber erst dann. Denn vorher können viele, vielleicht sogar die meisten unter uns nicht über den letzten Willen rund um Tod und Beerdigung reden, weder mit dem Ehepartner noch mit den Kindern.«

»Ihr habt recht«, greift Ron in die Diskussion ein. »Uns westlich erzogenen Menschen behagt es nicht, sich über dieses Thema zu äußern. Die monotheistischen Religionen schildern zwar das Jenseits als Paradies. Aber wer will wirklich sterben? Vielmehr klammern wir uns ans Leben, und damit es möglichst lange hält, nehmen wir Spitzenmedizin in Anspruch. Und am Ende sind es nicht selten die Angehörigen, welche die Sterbenden nicht gehen lassen wollen.«

Nachdenklich treten die drei Freunde in diesem Moment hinaus aus dem Wald an die warme Herbstsonne. Ohne es zu merken, sind sie hinauf zum Aussichtspunkt gewandert. Minuten später erreichen sie das Gasthaus *Bellevue*. Auf der Terrasse suchen sie sich einen runden Tisch im Halbschatten einer Linde, setzen sich und bestellen bei der Kellnerin Getränke und eine Kleinigkeit zu Essen. Eine wunderbare Ruhe herrscht hier oben. Die Geräusche der Stadt hören sich nur noch wie Blätter an, durch die ein leichter Wind rauscht.

Die Eindrücke ihres Gespräches machen die drei Freunde wortkarg. Nach einer Weile greift Eckhardt die Thematik wieder auf:

»Würdet ihr nun einen Koffer packen oder nicht?«

Zunächst erntet er nur staunende Blicke, sodass er nochmals fragen muss.

»Wenn ich es mir richtig überlege, so habe ich in meinem Leben alles gehabt. Sicher gäbe es Dinge, die ich auch gerne ausprobieren möchte. Doch bin ich viel mehr gespannt auf das, was nach dem Tod auf mich zukommt. Warum soll ich also einen Koffer mit Habseligkeiten füllen?«

Der Meinung von Ralph stellt Ron die seine gegenüber:

»Was soll ich schon einpacken, wenn ich nicht weiß, was mich auf der andern Seite erwartet? Wie denkst du darüber, Eckhardt?«

»Auch ich kann auf den Koffer verzichten.« Und nachdenklich fährt er fort:

»Was uns auf der andern Seite erwartet? Dazu fällt mir die mittelalterliche Erzählung über zwei Mönche ein, die sich das Paradies in den herrlichsten Farben ausmalten. Sie versprechen sich, dass derjenige, welcher zuerst sterben wird, dem anderen im Traum erscheinen und ihm nur ein einziges Wort sagen solle. Entweder *taliter* – es ist so, wie wir uns das vorgestellt haben, oder *aliter* – es ist anders. Nachdem der Erste gestorben war, erschien er tatsächlich seinem Mitbruder im Traum. Und er überraschte ihn mit zwei Worten: ›*Totaliter aliter!*‹ – es ist völlig anders als in unserer Vorstellung!«

Und mit dieser eher heiteren und doch tiefgründigen Geschichte, mit Absicht oben auf dem Aussichtspunkt erzählt, hat Eckhardt selber einen Strich unter seinen bedrückenden Traum setzen können. Und alle drei haben an Einsicht gewonnen.

Gaber Lisi

Hinten, in einem einsamen Tal im Schweizer Mittelland, genannt Klempe, liegt ein alter und imposanter Bauernhof mit einem gewaltigen tief hinunter reichenden Ziegeldach. Er ist in den Abhang hinein gebaut. Die Sonne hat über die Jahrzehnte die Holzfassade zu einem warmen Braun verfärbt. Die gegenüberliegende Talseite ist von einem dichten Wald aus mächtigen Fichten und Buchen bedeckt. Das Gaber Lisi, wie die alleinstehende Bäuerin auf dem Klempenhof genannt wurde, musste für das Fällen von dickstämmigen Fichten die Leute aus den benachbarten Höfen zusammenrufen. Das Schlagen eines einzigen Baumstamms dauerte manchmal einen ganzen

Tag. Das war nicht nur ein besonderes Dorfereignis, sondern auch eine ziemlich gefährliche Arbeit.

Die Schulkinder pflegten im Sommer stets Schokoladentaler zu verkaufen. Damals wie heute war der Erlös einem Projekt des Heimatschutzes gewidmet. In Zweier- oder Dreiergruppen besuchten die Kinder auch das Gaber Lisi. Seit Langem diente ihr ein dürrer und hässlicher Knecht. Kam jemand auf das Gut, blickte er nur kurz von seiner Arbeit auf, um die Ankömmlinge mit grimmigem Blick zu mustern. Sprach man ihn an, so pflegte er ohne ein Wort mit seiner knochigen Rechten zur Haustüre zu weisen. Dort musste man einen Seilzug betätigen, der im Hausinneren unüberhörbar eine Glocke erklingen ließ. Es dauerte stets eine Weile, bis die Alte herangeschlurft kam, den Schlüssel drehte und die Haustür misstrauisch einen Spaltbreit mit einem »Was wollt ihr?« öffnete.

»Wir möchten den Erst-August-Taler verkaufen.«

»So, so«, sagte Gaber Lisi, ließ den Türspalt offen und entfernte sich ins Innere. Nach einer Weile kehrte sie zurück, öffnete die Tür ganz und trat heraus. In der Hand trug sie eine abgegriffene Schuhschachtel ohne Deckel, halb gefüllt mit Kleingeld und Banknoten. Sie ließ sich von jedem Kind einen Taler reichen, streckte ihnen die Schachtel hin und sagte:

»Nehmt, soviel ihr braucht!«

Die Kinder wussten, dass es mit dem Augenlicht der Bäuerin nicht mehr zum Besten stand. Dennoch wagten sie nie, sich mehr Geld zu nehmen, als ihnen zustand. Dann dankten sie scheu. Mit einem »Schon gut!« zog sich die Alte zurück ins Haus, schloss hinter sich die Tür und drehte wieder den Schlüssel.

Das wunderliche, aber offensichtlich großzügige Gaber Lisi hatte, wie man im Dorf munkelte, keine direkten Verwandten mehr. Sie hatte nur die Gesellschaft ihres merkwürdigen Knechts, der ihr seit Jahren treu diente. Doch als sie eines Tages schwer erkrankte, sprach sich das sofort herum. Und da erschienen sie, die entfernten Verwandten und versammelten sich ums Bett der Todkranken, alles Leute, die sonst nie ihren Fuß ins Bauernhaus setzten. Während Gaber Lisi bleich und mit geschlossenen Augen und nur noch flach atmend in den Kissen lag, stritten sich die Besucher bald einmal schamlos über die Aufteilung von Hab und Gut und scheuten sich nicht einmal, Schränke und Truhen zu öffnen, um darin zu wühlen.

Das ist Tage lang so gegangen. Niemand unter den angeblichen Verwandten hat sich in dieser Zeit auch nur im Geringsten um die Alte gekümmert. Das hatten sie einer gütigen Dörflerin, der Schwester Marie, überlassen. Der Knecht ist wie gewohnt seiner Arbeit nachgegangen. Nur zum Essen ist er in der rußgeschwärzten Küche erschienen, um sich von den Vorräten das zu holen, was ihm die Erbschleicher noch übrig gelassen hatten. Dabei hat er die ungebetenen Gäste mit derart finsteren Blicken gestraft, dass es auch den dreistesten unter ihnen kalt über den Rücken gelaufen ist.

Da geschah ein Wunder. Denn eines Morgens öffnete auf das erste Läuten nicht der Knecht den schamlosen Ankömmlingen die Haustüre, sondern das wiederauferstandene Gaber Lisi. Gekleidet wie gewohnt, das schüttere Haar zu einem ordentlichen Knoten gebunden, stand die Klempenbäuerin aufrecht und wie ein Gespenst vor ihnen und wies sie mit wüsten Worten dorthin zurück, wo sie hergekommen waren, und zwar auf Nimmerwiedersehen. Ihr Bannspruch hat die angeblichen Verwandten so sehr erschreckt, dass sie eiligst das Weite suchten. In Windeseile sprach sich dieses Ereignis im Dorf herum. Viele freuten sich über die Wiedergenesung der Bäuerin, nannten sie schlau und lachten herzlich über die abrupt abgebrochene Prozession der Erbschleicher.

Und als eines Tages das Gaber Lisi doch noch vom Tod geholt wurde, wagte angeblich kein Pseudoverwandter mehr, auf ihren Hof zu kommen. Nur die Dorfbewohner erwiesen ihrer aufgebahrten Bürgerin die letzte Ehre. In den Tagen darauf warteten sie gespannt auf die Testamentseröffnung, obwohl man nicht einmal wusste, ob ein derartiges Dokument überhaupt existierte. Tatsächlich fand es schließlich der Teilungsbeamte in einer Schublade im Schlafzimmer des Gaber Lisi. Die Überraschung war groß, als der Inhalt publik wurde: Zum alleinigen Erben wurde der Knecht bestimmt, der für seine langjährigen treuen Dienste den Hof erhielt, und zwar mit allem, was dazugehörte. Und das soll nicht wenig gewesen sein. Für den Knecht änderte sich nichts. Er bestellte den Hof wie eh und je, heiratete später eine Frau, die ebenso bescheiden und fleißig war wie er.

Von allem aber blieb nur diese Geschichte übrig. Vielleicht wird sie heute noch da und dort, so oder anders erzählt.

Der Brand

Auf dem Lande war es früher üblich, die Toten zu Hause
aufzubahren, damit die Leute den Verstorbenen von Angesicht zu Angesicht die letzte Ehre erweisen konnten.
Ich erinnere mich noch gut, wie die Angehörigen dazu
ein Zimmer herrichteten. Das bewegliche Mobiliar wurde
ausgeräumt, der Sarg in der Mitte auf eine Bahre gestellt,
das Kopfende leicht erhöht. Links und rechts brannten
ockerfarbige Kerzen, deren Flammen mit jedem Eintre-
tenden unruhig flackerten. Oft waren schon erste Blu-
mengebinde da, die später links und rechts an dem von
Pferden gezogenen Leichenwagen aufgehängt wurden. In
den Aufbahrungszimmern roch es immer sonderbar. Die
Leute nannten das den Leichengeruch.

Diesmal ist der Verstorbene der Gärtner des Kurho-
tels. Birrer, wie er anscheinend heißt, wird nur *der Gärtner* genannt. Die meisten Dörfler schreiben seinen stei-
fen, tief gebeugten Rücken seinem Beruf zu, mit dem er
seit Jahrzehnten dem Hotel gedient hatte. Nicht einmal
im Sarg gelang es, den Toten gerade zu betten. In seiner

seit eh und je krummen Haltung ruhte er nun seitwärts, ein völlig ungewöhnlicher Anblick. Ebenso ungewohnt war das blütenweiße Hemd, das man ihm angezogen hatte, war er doch zeitlebens nur in schmutzig grauer Arbeitshose, derbem Hemd und grüner Gärtnerschürze zu sehen gewesen.

Jetzt ruht er also in einem Nebengebäude des Hotels, da wo wahrscheinlich auch seine Schlafstatt gewesen ist. Von Zeit zu Zeit kommen Besucher herein, um einen kurzen Blick auf den seltsam gebetteten Toten zu werfen, vielleicht auch, um ihm ein stilles Gebet zu widmen. Draußen treffen sie sich mit anderen Leuten, um mit ihnen ungeniert über den Verblichenen zu klatschen. Sie holen alles hervor, was man sich im Dorf an Gerüchten herumreicht. Dabei weiß man nicht einmal, woher er ursprünglich kam.

»Seinen Buckel hatte er schon, als wir ihn vor mehr als vierzig Jahren einstellten«, erzählen die Hoteliers. »Und woher er kam, konnten wir nie zuverlässig in Erfahrung bringen. Aus seinem kaum verständlichen Gemurmel meinten wir herauszuhören, dass er in jungen Jahren immer wieder in Auseinandersetzungen geraten war. Vielleicht wurde sein Körper deshalb so schrecklich verunstaltet. Manchmal konnte er wegen seiner starken Schmerzen kaum arbeiten. Auf jeden Fall war er immer äußerst schweigsam und vermied nach Möglichkeit den Kontakt zu den Mitmenschen.«

Ein Besucher weiß zu erzählen: »Er war auf seine distanzierte Art den Kindern sehr zugetan. Und das, obwohl sie ihm ständig Streiche spielten und hinter seinem missgebildeten Körper allerlei Faxen machten, was er sehr wohl wahrnehmen konnte. Erwachsenen gegenüber war er außergewöhnlich abweisend. Er schaute nicht einmal auf, wenn man ihn ansprach.«

Von einer Bäuerin erfährt man: »Als mein Mann vor ein paar Jahren in einer Vollmondnacht spät nach Hause kam, sah er den Gärtner in den nahegelegenen Wald verschwinden. Kurze Zeit später war das markerschütternde Geheul eines Wolfes zu hören. Kein Zweifel, dass dies der Gärtner war. Ein Werwolf vielleicht?«

»Dummes Zeug, Bäuerin; dein Alter war bestimmt betrunken, dass Gott erbarm, und hat höchstpersönlich den Vollmond angegrölt.«

»Was soll das dumme Gerede angesichts des Toten!«, unterbricht der Dorfarzt, der eben zur Gruppe stößt. »Der Gärtner ist ein schwer geprüfter Mann, der zeitlebens viel zu leiden und wenig zu lachen hatte.«

»War er denn je in Ihrer Behandlung, Herr Doktor?«

»Eigentlich geht Euch das gar nichts an. Ich kann Euch nur sagen, dass sein verunstalteter Körper entgegen dem Dorfklatsch keineswegs die Folge seines Berufes war, sondern von schlimmen Verletzungen und Verbrennungen stammte – alles schlecht vernarbt. Aber selbst ich konnte ihn nicht bewegen, mir dazu auch nur das Geringste zu verraten. Ich weiß nur, dass er oft unter schweren Schmerzen gelitten hat, vor allem bei Wetterwechseln. Und dass er sich nachts ausheulte, wenn er glaubte, dass es niemand hören würde, ist für mich nicht überraschend.«

Beschämt senken die Versammelten ihre Blicke und schweigen, bis einer fragt:

»Weiß jemand, wie es zum Brand des benachbarten Bauernhofes kam, und warum der Gärtner dort zu Tode kam?«

»Ich war mit der Feuerwehr vor Ort«, erinnert sich einer.

»Haus und Scheune brannten bereits lichterloh, als wir eintrafen. Das Vieh brüllte im Stall und im Haus schrie ein Kind. Plötzlich sahen wir, wie aus dem Nichts den Gärtner auftauchen und zum Hause humpeln, so schnell wie ihn seine Beine trugen. Einige von uns Feuerwehrleuten eilten ihn einzuholen. Erfolglos! Er verschwand im Inferno des Hauses, wo schon die Balken krachten und im Funkenregen herunterstürzten. Niemand hatte den Mut, dem Mann zu folgen. Hilflos warteten wir auf das, was als Nächstes geschehen würde. Nach endlosen Minuten des Wartens schleppte sich der Gärtner endlich heraus – als brennende Fackel, in den Armen ein lebloses Kind, das er an seinem krummen Körper barg. Nach ein paar Metern brach er zusammen. Wir hetzten hinzu, fanden das Kind bewusstlos aber noch am Leben.«

»Aber der Gärtner war wegen seiner schrecklichen Verbrennungen nicht mehr zu retten. Ich konnte nur noch seinen Tod feststellen«, berichtet der Arzt.

»Es gibt Leute, die behaupten, dass er nur deshalb auf dem Brandplatz war, weil er das Feuer selber gelegt hat«, bemerkt einer der Besucher giftig.

»Alles dummes Gerede. Wenn einer etwas zurückgezogen lebt und dazu noch schrecklich aussieht, stempelt ihr ihn gleich zum Pyromanen. Schämt euch!«, wettert der Arzt und geht grimmig davon.

Tage später geleitet die ganze Dorfgemeinschaft den Gärtner, der zeitlebens ein Außenseiter gewesen war, mit allen Ehren zu Grabe. Es ist ein langer Trauerzug, der sich schweigend vom Hotel zur Dorfkirche bewegt. Voran der von zwei schwarzen Pferden gezogene, mit reichlich Blumenschmuck behängte Leichenwagen. Ihm folgen die Bauersleute mit dem geretteten Kind, das sie in einen kleinen Leiterwagen gebettet haben. Dahinter schließen sich die Dörfler in großer Zahl an, unter ihnen der Arzt und andere Honorablen. Der Kirchenchor begleitet die

Totenmesse, zwar nicht mit den allerreinsten Stimmen, was aber mit großer Inbrunst ausgeglichen wird. Nach dem Evangelium unterbricht der Pfarrer die Zeremonie mit einer kurzen Abdankungsrede, denn über den alten Gärtner weiß er nicht mehr als alle anderen Trauergäste. Insgeheim sind ihm die Anwesenden für die knappe Rede dankbar.

Erst Tage nach der Beerdigung kommt Licht in die Hintergründe des aufopfernden Todes. In einem Schrank in seiner Bleibe im Nebengebäude des Hotels findet man eine Schuhschachtel mit vergilbten und abgegriffenen Zeitungsausschnitten. Sie berichten über einen Brand, der vor gut fünfzig Jahren in einem weit entfernten Landesteil ein Bauernhaus vollständig zerstörte. Nur ein Junge hatte mit Glück überlebt, weil ein todesmutiger Feuerwehrmann sich als Einziger in das Feuerinferno gewagt und unter Aufbietung all seiner Kräfte das schreiende Kind hervorgezerrt hatte, das unter einem brennenden Dachbalken eingeklemmt war. Es wies so hochgradige Verbrennungen auf, dass die Ärzte kaum an sein Überleben glaubten. Auch weil der Balken das Rückgrat des Jungen aufs Schwerste verletzt hatte. Wie zu lesen war, lag der Junge monatelang im Spital und musste mehrfach operiert werden. Erst viele Monate später gaben ihm die Ärzte eine Überlebenschance. Übrigens war er der einzige Nachkomme; seine ganze Familie fand bei dem Brand den Tod.

Über den weiteren Lebensweg des körperlich und seelisch aufs Schwerste gezeichneten Jungen sind keine Zeitungsmeldungen oder Hinweise mehr vorhanden.

Er ruhe in Frieden

Pfarrer, Arzt und Gemeindeammann waren in früheren Zeiten die wichtigsten Respektspersonen eines Dorfs. Ihnen galt großer Respekt. Sie bestimmten, was Recht und Ordnung ist und wachten streng darüber. Meistens waren die drei auch gute Freunde und kannten auf Gegenseitigkeit ihre Weinkeller.

In einem solchen Dorf lebte ein Pfarrer, der von der Einwohnerschaft außerordentliche Wertschätzung genoss. Unter anderem, weil er gewitzte Dinge tat, die andernorts ganz und gar nicht üblich waren. Zum Beispiel – so wurde erzählt – wusste er den Ablenkungen durch herumfliegende und piepsende Vögel während seiner

Sonntagspredigt auf unorthodoxe Art vorzubeugen. Beim Lüften am Samstag verirrten sie sich nämlich wegen den offenen Fenstern nicht selten in den Kirchenraum. Kam das vor, so griff Ehrwürden zum Flobertgewehr und beförderte die Tierchen ohne Wenn und Aber ins Paradies; der Zweck heiligte das Mittel. Wahrscheinlich war dieses unerhörte Sakrileg dem Bischof nie zu Ohren gekommen. Nicht auszudenken, was das damals für Folgen gehabt hätte.

Eines Tages erkrankte der alte Herr schwer. Wiederholt besuchten ihn seine Freunde, darunter auch der Arzt. Man musste mit dem Schlimmsten rechnen. Tatsächlich rief wenig später die Pfarrköchin beim Arzt an und richtete aus, dass der Herr Pfarrer ihn ein letztes Mal zu sehen wünsche. Der Freund eilte herbei und fand Ehrwürden bleich in den Kissen liegend. Schelmisch lächelnd hieß er seinen Besucher willkommen und sprach mit matter Stimme:

»Geh in den Keller, Emil! Du kennst dich ja dort aus. Und du erinnerst dich sicher noch an den edlen Tropfen, den wir für eine besondere Gelegenheit aufgespart haben. Jetzt ist er da, dieser Moment. Hol bitte diese Flasche. Ich will sie mit hinübernehmen.«

Der Arzt tat, wie ihm aufgetragen war, und stieg hinunter in den Weinkeller. Er wusste genau, welche Flasche sein Freund gemeint hatte. Er fand sie im hintersten Winkel und trug sie mit Sorgfalt hinauf ins Krankenzimmer. Die schluchzende Pfarrköchin bat er um Korkenzieher und Gläser, was sie immer noch schniefend besorgte. Er entstaubte den Flaschenhals, entfernte die Kappe und zog den Korken sorgfältig heraus. Er prüfte ihn mit Augen und Nase und fand ihn in Ordnung. Er goss eine Probe in sein Glas, musterte die Farbe, erschnüffelte die

Duftnote und schlürfte einen kleinen Schluck. Mit geschlossenen Augen hielt er einen Moment inne. Dann nickte er zufrieden und urteilte mit einem einzigen Wort: »Hervorragend!«

Hellwach und mit einem glücklichen Lächeln war der geistliche Herr jedem Detail der Zeremonie gefolgt. Jetzt richtete er sich etwas auf, was ihm dank der Vorfreude unerwartet gut gelang.

Der Arzt ließ den edlen Roten in beide Gläser fließen, bis sie halb voll waren. Er reichte dem Freund den Weinkelch. Sie stießen an – auf Gott, die guten Dinge dieser Welt und auf diesen besonderen Augenblick. Dann genossen sie Schluck für Schluck. Sie legten lange Pausen dazwischen, schweigend, denn es gab nichts Wichtiges mehr zu bereden, keine Hoffnungen mehr zu wecken.

Nach dem letzten Schluck reichte der Pfarrer dem Arzt sein Glas, sank zurück in die Kissen und entschlief.

Der Clown

Die Leute erzählen, er habe bei der Geburt seine neue Welt nicht mit einem Schrei, sondern mit einem von Herzen kommenden Lacher begrüßt, und alle, die dabei waren, verblüfft. Etwas so Unerhörtes war noch nie vorgekommen. So kam es, dass ihn die Eltern *unseren kleinen Clown* nannten und nur selten Lars, wie sie es eigentlich vorgesehen hatten. Das passte zufällig auch zu seiner auffallend roten Stupsnase, was man aber den Strapazen der Geburt zuschrieb.

Der kleine Clown wuchs zu einem rundlichen Kerlchen heran. Weil er so quirlig und lustig war, wickelte er bald alle um seinen Finger. Nur seinem Vater und der Mutter, vor allem aber dem Großvater fiel auf, dass er neben seiner lustigen Seite manchmal auch eine ernste, ja sogar traurige Miene an den Tag legen konnte. Ob lustig oder ernst, Lars drückte sich lieber durch Mimik und Gebärden aus als durch Worte. Und das tat er mit ungewöhnlichem Talent.

Mit seinem Großvater verband ihn eine ganz besondere Zuneigung. Ihm konnte er Freuden und Nöte leichter anvertrauen als allen anderen Menschen. Was immer es war, der alte Mann verstand es, seiner Gebärdensprache und den kargen Worten einfühlsam zu folgen. Statt mit Ratschlägen zu antworten, förderte er seinen Enkel durch kluges Fragen.

Auf diesem Weg machte er ihn mit den vielen Facetten von Mensch und Natur vertraut. Lars dankte es ihm als intelligenter Beobachter und war begierig zu lernen. Hinter den heiteren Seiten der Menschen und den Wundern der Natur übersah er nie die Schatten. Das machte ihn manchmal nachdenklich und gelegentlich sogar traurig, vor allem, wenn er Ungerechtigkeit, Missgunst, Eigennutz und Überheblichkeit der Mitmenschen wahrnahm.

Großvater war früher Bauer gewesen. Übrig geblieben waren ihm ein Bauernhaus, ein kleiner Gemüsegarten und ein paar Hühner und Enten. Der heranwachsende Lars verbrachte nach der Schule seine Freizeit meist dort. Besonders das Federvieh hatte es dem Jungen angetan. Er verstand es nämlich, die Bewegungen und das Gackern und Quaken der Tiere nachzuahmen. Damit brachte er den alten Mann immer wieder zum Lachen.

Früh schon hatte Großvater entdeckt, dass Lars auch musikalisch war. Das brachte ihn auf die Idee, dem Jungen das Schnitzen einer Flöte beizubringen. Er zeigte ihm, welches Holz sich eher dazu eignete und welches weniger. Aus einem gleichmäßig gewachsenen und gut gelagerten Stück Buchenholz schufen die beiden über Wochen und Monate mit großer Sorgfalt ein wohlklingendes Instrument. Von da an lehrte ihn Großvater, Tanzweisen zu spielen; zunächst einfache und später anspruchsvollere. Der Junge hatte das Geschick, sie zu variieren und gleichzeitig dazu zu tanzen. Er setzte sich einen schwarzen, breitkrempigen Hut auf, den er seinem Förderer abgebettelt hatte. So wie die Musik, wandelte er auch die Tanzschritte immer gekonnter ab, sodass es eine Freude war.

Bei all dem blieb der Junge bescheiden und bildete sich nicht ein, etwas Besonderes zu sein. Er spielte, weil er spielte, und er tanzte, weil er tanzte. Klar hatten seine Mitschüler immer ihre helle Freude daran, wenn er seine Clownerien zum Besten gab. Selbst die Eltern konnten sich das Lächeln nicht verkneifen. Doch sorgte sie mit dem Heranwachsen ihres Sohnes die Frage, was aus ihm einmal werden sollte. In den Gesprächen mit Sohn und Großvater war dann und wann auch von der Schauspielschule die Rede; doch im Gegensatz zum Großvater mochte bei den Eltern über diesem Gedanken keine Begeisterung aufkommen.

Der Zufall wollte es, dass Lars seine Familie nach einem Zirkusbesuch zu einem Clown drängte, ihn geradeheraus ansprach und fragte:

»Wie wird man Clown?«

»So, Clown willst du also werden. Und weshalb?«

»Meine Eltern nennen mich seit meiner Geburt *kleiner Clown* und ich vermag in der Schule und anderswo mit meiner Mimik und mit Kunststücken die Leute zum Lachen zu bringen«, antwortete der Dreizehnjährige keck, zog fünf kleine rote Bälle aus der Tasche und begann auf der Stelle, damit zu jonglieren.

»Perfekt machst du das«, nickte der Clown anerkennend und lud die Familie ein, am nächsten Vormittag nochmals herzukommen, um ernsthaft über den Wunsch von Lars zu reden.

Es wurde ein interessantes und ergiebiges Gespräch, zu welchem Lars auch seine Musikinstrumente mitbrachte, nämlich seine erste und immer noch intakte Holzflöte, ein Tamburin mit Schellenkranz und eine verbeulte, aber blitzblanke Trompete. Der Clown ließ sich vorspielen und stellte dem Jungen viele Fragen. Dabei schien es ihm aber mehr um das zu gehen, was in Lars'

Charakter steckte. Am Ende riet er dem Jungen, sein Können beharrlich weiterzuentwickeln und zu üben, aber in der Schule nicht weniger fleißig zu sein. Den Eltern beschied er, dass ihr Sohn bemerkenswertes Talent besitze; er empfahl ihnen, ihn so früh wie möglich in einer Komödiantenschule vorzustellen.

So kam es, dass der *kleine Clown* in einer solchen Schule nach eingehender Prüfung Aufnahme fand. Aber zunächst nur für eine Probezeit. Da widerfuhr Lars allerlei Merkwürdiges: Der Direktor ließ ihn erst mehrere Tage die Fensterläden abscheuern, die man, da es Frühling geworden war, ausgehängt und zum Schrubben auf den Schulhof gebracht hatte. Danach musste er den ganzen Platz bis in die hintersten Ecken wischen. Tief im Innern seufzend konnte Lars durch die Fensterscheiben immer wieder zusehen, wie drinnen getanzt, jongliert, musiziert und gelacht wurde. Kaum hatte er die aufgetragene Arbeit beendet, wurde er hinter das Haus beordert, wo ein Stapel Holz aufs Spalten wartete; der Heizvorrat sollte ergänzt werden. Das dauerte Tage. Abends war der Junge nicht nur hundemüde, sondern auch bitter enttäuscht, weil der Direktor ihm so nebensächliche Arbeiten aufgetragen hatte.

Als er eines Tages mit der leeren Schubkarre aus dem Heizungskeller trat, sah er sich überrascht dem Schulleiter gegenüber. Der alte Herr schaute ihn eine Weile prüfend, aber mit gütigem Blick an, ließ ihn die Karre abstellen und forderte ihn zu einem Spaziergang auf.

Schweigend gingen die beiden in der Frühlingssonne nebeneinander her, bis der Alte fragte:

»Wie geht es dir, Lars?«

»Ich bin müde und enttäuscht!«, antwortete der Junge gerade heraus.

»Ich kann dich verstehen. Das war deine erste Prüfung, Lars. Und du hast sie gut, vor allem aber ohne Murren bestanden. In einem Komödianten muss nämlich ein Mensch stecken, der auch Enttäuschungen zu ertragen weiß. Denn dein Publikum wird nicht über jeden deiner Späße lachen. Ja man wird sogar in schadenfrohes Gelächter ausbrechen, wenn dir ein Kunststück misslingt.«

Lars hatte also gerade seine erste Lektion gelernt. Noch am gleichen Abend stellte ihn der Direktor der Schulgemeinschaft vor, gab bekannt, dass der Junge die Probezeit bestanden habe und hieß ihn in der *Compagnia*, wie er die Gemeinschaft nannte, mit einem herzlichen Applaus willkommen.

Die nun folgende Ausbildung war eine harte Zeit, forderte sie doch Körper, Seele, Geist und den Intellekt immer wieder aufs Neue. Damit solche Beanspruchungen überhaupt ertragen werden konnten, gehörten in dieser Komödiantenschule Zeiten der Meditation zum Alltag. Das ließ die Studenten immer wieder zu innerer Ruhe und Leere und damit zu neuer Energie finden.

Viele Kunststücke, die hier erlernt wurden, hatten ohnehin einen meditativen Hintergrund und wären ohne diese Grundlage gar nicht ausführbar gewesen. So formte die Schule aus den Studenten ganzheitliche Persönlichkeiten mit einem besonderen geistigen Niveau, das sie später auch auf den Marktplatz tragen würden.

Diese Denkart hatte der Schulleiter aus Japan mitgebracht, wo er viele Jahre in einem buddhistischen Kloster verbracht hatte. Man munkelte, dass er sogar die Würde eines Zen-Meisters erlangt habe. Genauso wie es in asiatischen Ländern Schulen für die Kunst das Schwert oder den Pfeilbogen zu führen, für die Kunst der Kalligrafie oder für Ikebana gibt, so war seine Ausbildungsstätte eine Schule für die Kunst des Komödiantentums. Es war nicht nur ein Ort der Fröhlichkeit, ein Ort des hohen artistischen, tänzerischen, musikalischen und mimischen Könnens, sondern ebenso ein Ort, wo geistige Vervollkommnung einen selbstverständlichen Platz fand.

Einige Jahre später verließ Lars nach erfolgreichen Prüfungen in sämtlichen Disziplinen die Komödiantenschule. Er war nun zu einem Könner und darüber hinaus zu einem Mensch mit großem Herzen gewachsen. Seine Familie freute sich über ihren *kleinen Clown*, der jetzt erwachsen war. Wo immer er nun auftrat, ließen sich Groß und Klein von ihm begeistern. Den schwarzen, breitkrempigen Hut, den er als Junge seinem Großvater abgebettelt hatte, trug er wie damals schief auf dem Kopf. Immer noch begleitete er sein Hüpfen und Tanzen mit der alten Holzflöte aus Buchenholz, dem Tamburin mit dem Schellenkranz oder der verbeulten, aber stets blank polierten Trompete. Auch konnte er immer noch wie der *kleine Clown* von einst, Hühner und Enten nachahmen, aber jetzt noch vieles mehr. Er war die Fröhlichkeit selbst, und aus seinem Innern heraus strahlte die Weisheit eines großen Clowns.

die Tibeterin
ru

Die Tibeterin

Um seinem Alleinsein zu entrinnen, hat sich Urs wieder einmal für eine Bergwanderung entschlossen. Frühmorgens auf der langen Bahnfahrt lässt er die Bilder der Vergangenheit auferstehen. Vor dreißig Jahren fand seine Mutter nach einer langen leidvollen Krankheit Erlösung. Kurz darauf kam seine Schwester bei einem rätselhaften Autounfall ums Leben, dessen Hintergründe nie geklärt werden konnten. Seine Ehe mit einer überspannten und chaotischen Frau hatte ihm zwar Zwillingstöchter beschert, gipfelte aber in einem nicht mehr zu ertragenden Fiasko, das er vor gut zehn Jahren mit der Scheidung beenden konnte. Immerhin hatten ihm die Richter seine Töchter zugesprochen. Sie waren mittlerweile erwachsen und von zu Hause ausgeflogen. Er war stolz auf beide, denn sie waren erfreuliche Persönlichkeiten geworden. Bis vor ein paar Monaten hatte er seinen greisen Vater durch den Alterungsprozess begleitet, bis er endlich friedlich entschlafen war. Dann war sein Zuhause leer. Ab und zu besuchten ihn zwar seine treuesten Freunde und Bekannten. Dennoch fühlte er sich einsam und verlassen.

Immer wieder hatten Freunde und Freundinnen versucht, ihn zu einer neuen Partnerschaft zu bewegen. Doch widerstand er allem Werben, vor allem weil ihn seine zerbrochene Ehe immer noch betrübte. Unentschlossen schwankte er hin und her zwischen dem Bedrückenden von einst und den Ungewissheiten einer neuen Zukunft. Nicht die Welt hatte sich von ihm abgewandt, sondern er sich von ihr.

Ausgedehnte Wanderungen bringen ihm oft eine gewisse Distanz zu seinen Grübeleien. Das verspricht er sich auch vom heutigen Herbsttag. Er liebt die einsamen und steilen Aufstiege am frühen Morgen hinauf zu den *Suonen*, den *Heiligen Wassern* der Walliser Bergwelt. Abgesehen von ein paar eilig vorbeiziehenden Wolkenfetzen zeigt sich der Himmel heute tiefblau.

Gegen Mittag ist er über die Baumgrenze hinausgestiegen. Er setzt sich unter eine alleinstehende Lärche, welche bereits die gelbe Verfärbung aufweist. Er holt Brot und Wurst aus dem Rucksack und schlürft lauwarmen Tee.

Dass aus den Wolkenfetzen inzwischen Kumuluswolken geworden sind, beunruhigt ihn wenig. Dergleichen ist er sich in den Bergen gewohnt. Noch eine Weile genießt er das Spiel der Wolken, vor allem aber die Stille, die sich leicht mit dem Rauschen des Windes aus dem tiefer gelegenen Bergwald mischt. Auf den Hängen der

abgeweideten Almen sind einige weit verstreute Senn-
hütten zu sehen. Wahrscheinlich sind sie schon alle verlassen, denn die Alpabzüge liegen schon einige Tage zurück.

Nach einer Weile bricht Urs auf, um noch weiter hin-
aufzusteigen; der frei stehende Gipfel der Alp lockt ihn.
Kaum eine Stunde später macht ihm ein Wetterumschlag
einen Strich durch die Rechnung. Windböen leiten ein
mächtiges Herbstgewitter ein, das sich mit Blitz, Donner
und peitschendem Regen zu entladen beginnt. Dichter
Nebel kommt dazu. Urs verliert rasch die Orientierung.
Er versucht, eine Hütte zu finden. Nach mehr als einer
Stunde Umherirren und völlig durchnässt stößt er endlich auf eine Hütte. Der Rauch eines Holzfeuers steigt
ihm in die Nase und sagt ihm, dass die Hütte offenbar
bewohnt ist. Kräftig klopft er an und wartet. Seine Überraschung ist groß, als ihm eine Frau öffnet, die ihn überrascht begrüßt und ihn hereinbittet.

»Du hast Glück gehabt, dass ich noch mit Aufräumen
beschäftigt bin. Hätte ich den Wetterumschlag nicht
kommen sehen, so wäre ich jetzt bereits auf dem Weg
ins Tal. Wie heißt du, und was führt dich hier herauf?«

Urs ist überrascht von der direkten Art der kraftvol-
len Frau in Jeans und feuerrotem Top. Ihr schwarzes,
leicht krauses Haar hat sie zu einem Bauernzopf gebunden. Er bildet sich ein, hinter den knochigen Gesichtszü-
gen auch Sanftes zu entdecken.

»Ich heiße Urs und bin heute früh per Bahn aus dem
Unterland angereist. Eigentlich wollte ich mich hier oben
beim Wandern entspannen. Und wie heißt du?«

»Sie nennen mich die Tibeterin. Hier oben bin ich
Sennerin und im Tal Bäuerin – auf dem ehemaligen Be-
sitz meiner verstorbenen Eltern. Gestern haben meine
beiden Gehilfinnen gemeinsam mit den Hirten, ihre Kühe

und meine Yaks zu Tal getrieben. Jetzt räume ich die Hütte auf. Komm herein! Ich habe für mich Kaffee aufgesetzt. Es wird für dich auch reichen.«

Urs wundert sich über die Frau. Dass im Wallis da und dort Yaks gehalten werden, davon hat er zwar gehört, ist aber noch nie welchen begegnet.

Tropfnass tritt er ein, legt erschöpft seinen Rucksack ab und will sich geradewegs an den Holztisch setzen.

»Nicht so! Häng zuerst deine Kleider zum Trocknen auf. Alle!«

Völlig überrumpelt gehorcht er ihrem unmissverständlichen Befehl, hängt sämtliche Kleider an die vorhandenen Haken in der Nähe des Herdes und setzt sich völlig nackt und schamrot an den klobigen Tisch. Die Tibeterin folgt seinem Tun ungeniert und bemerkt, während sie im Herd Holz nachlegt:

»Typische Unterländerfigur. Bleich von unten bis oben und erst noch zu dürr. Bist wohl ein Bürogummi?«

Ohne auf seine Antwort zu warten, holt sie aus einem Nebenraum eine graue Militärwolldecke mit Schweizerkreuz und wirft sie ihm zu. Eilig steht er auf, bedeckt seine Blöße, indem er sich in die Decke einwickelt. Die Tibeterin nimmt die Kaffeekanne vom Herd, stellt sie samt Tassen auf den Tisch und setzt sich. Sie fordert Urs auf, Platz zu nehmen.

Sie sieht, wie er fragend die zwei Kerzen auf dem Tisch mustert und erklärt:

»Das sind Butterlampen. Ich stelle sie nach alter Tradition aus Yakbutter her.«

In diesem Moment ruft ein Blitz gefolgt von einem gewaltigen Donner das garstige Wetter in Erinnerung.

»Und jetzt?«, fragt sie schmunzelnd.

»Aus einem Abstieg ins Tal wird heute wohl nichts mehr. Könnte ich hier übernachten?«

»Wenn du dir keine falschen Hoffnungen machst, kann ich das einrichten. Deine Kleider brauchen sowieso Zeit, bis du sie wieder anziehen kannst. Und oben im Heulager findet ein schmaler Wurf wie du allweil Platz«, fügt sie mit einem rauen Lacher hinzu.

»Bestimmt. Danke!«

Urs hat den Eindruck, dass die Tibeterin mit verschmitztem Vergnügen seine Hemmungen genießt. Er hüllt sich noch enger in seine Decke und überlegt, wie sich sein Gegenüber durch ein Gespräch von seiner unmöglichen Situation ablenken lässt.

»Du hast gesagt, sie nennen dich die Tibeterin. Du siehst aber wie eine Einheimische aus, auch dein Dialekt tönt so. Wie heißt du nun wirklich?«

»Ich wurde auf den Namen Gabriela getauft und bin tatsächlich hier aufgewachsen. Aber nachdem ich eines Tages meinen versoffenen Mann aus dem Hause gejagt habe, bin ich nach Nepal, später nach Tibet ausgewandert. Ich habe meine alte Identität aufgegeben und dort neue Wurzeln geschlagen. Vor fünf Jahren erhielt ich Nachricht vom Tod meiner Eltern und fand die Zeit reif, wieder ins Wallis zurückzukehren. Dabei habe ich auch Yaks[4] mitgebracht. Deshalb nennen sie mich jetzt die Tibeterin. Ungeachtet der Sprüche und Spötteleien der Einheimischen habe ich meine Tiere weitergezüchtet und immer auch auf meiner Alp gesömmert – seit zwei Jahren auch zusammen mit einheimischem Vieh. Das gab mehr zu reden, als dass es wirklich Probleme verursacht hatte. Heute ist das Miteinander von Yaks und Walliser Kuhrassen beinahe eine Selbstverständlichkeit, und ganz nebenbei ein Anziehungspunkt für Touristen.

---

[4] In Tibet heimische, asiatische Rinderart

So, nun weißt du über mich Bescheid. Jetzt erzähl du mal!«

Wieder wird sich Urs seiner Nacktheit bewusst. Was soll ihn jetzt noch hindern, vor der Tibeterin auch seine Vergangenheit bloß zu legen. Er tut es und wundert sich über sich selbst, dass er dieser Frau, die er ja kaum kennt, und die ihm anfänglich so unnahbar erschienen ist, jetzt so viel Vertrauen zugesteht.

Während er erzählt, merkt er, dass er in mindestens einem Punkt Ähnlichkeit mit ihr aufweist. Sie hatten beide ihren Ehepartnern die Tür gewiesen und dann das Leben selbst in die Hand genommen. Sie allerdings bedeutend entschiedener als er. Während er noch heute in den Bergen immer wieder Distanz zu seinem Leben sucht, hat sie mit beeindruckendem Selbstbewusstsein im Leben längst wieder Fuß gefasst. Beim Erzählen fühlt er nicht nur ihre aufmerksame Präsenz, sondern auch ihren uneingeschränkten Respekt, genauso wie auch er zuvor ihrer Lebensgeschichte gefolgt ist. Ist es deshalb, dass sein Frieren allmählich einer wohligen Wärme Platz macht?

Nach den beiden Erzählungen haben weder sie noch er den Wunsch, etwas zu kommentieren. Es ist genügend gesagt worden, um alles Wichtige zu verstehen. So schweigen sie denn beide, während im Herd das Brennholz knackt. Draußen hat die Finsternis den Tag abgelöst. Das heftige Gewitter ist einem Dauerregen gewichen. Urs' Magen knurrt unüberhörbar.

Die Tibeterin steht auf und holt aus dem Vorratsschrank einen Rest Suppe, den sie offenbar für alle Fälle aufgehoben hatte. Den wärmt sie auf und schneidet jedem einen Kanten Brot ab, holt Teller und Löffel aus dem Küchenschrank, schöpft Suppe und trägt das einfache Essen auf. Aus einer hervorgezauberten Chiantiflasche füllt sie zwei Tassen mit Rotwein und setzt sich wieder an den Tisch. Dann faltet sie ihre Hände und verneigt sich ehrfurchtsvoll. Das Ritual verleiht dem Mahl die Besonderheit eines Geschenks, das beide nun Bissen um Bissen, Schluck um Schluck genießen.

Am Ende hilft Urs beim Abräumen und Abwaschen, soweit das seine Militärdecke zulässt. Müde vom ereignisvollen Tag bittet er schließlich seine Gastgeberin um das Nachtlager. Sie geht zu einer Leiter und steigt voran, hinauf zum Heulager. Oben nimmt sie ihm, ohne zu fragen, die Wolldecke ab, breitet sie über das Heu aus und deutet ihm, sich hinzulegen. Sie wickelt ihn ein und deckt ihn zusätzlich so mit Heu zu, dass nur noch sein Kopf zu sehen ist. Sie hole noch ein Kissen, sagt sie. Augenblicke später kehrt sie mit dem Versprochenen zurück, schiebt es unter seinen Kopf, küsst ihn völlig überraschend auf die Stirn, wünscht ihm eine gute Nacht und verlässt ihn.

Vor lauter Müdigkeit sinkt Urs sofort in einen tiefen Schlaf. Er träumte, dass die Tibeterin zu ihm geschlüpft sei und sich ihre Körper liebevoll vereint hätten.

Am Morgen weckt ihn klapperndes Geschirr. Er setzt sich auf und wird sich erneut seiner Blöße bewusst. Wohin ist er geraten? Der Hunger lässt ihn nicht weiter grübeln. Er freut sich auf das Frühstück. Während er sich wieder in die warme Wolldecke hüllt, entdeckt er auf dem Lager ein Taschentuch, das bestimmt nicht ihm gehört. Er steigt die Leiter hinunter und wünscht der Tibeterin einen guten Morgen. Sie erwidert den Gruß mit einem Lächeln und bittet ihn an den Tisch, auf dem wieder Butterlämpchen brennen. Auf die Frage, ob er gut geschlafen habe, reicht er ihr lächelnd das Taschentuch. Sie sagt nichts, errötet nur ein wenig.

Beim kargen Essen – es gibt nur noch Resten von Brot und Käse und etwas Kräutertee – sprechen die beiden über Belangloses. Über den Wetterumschlag in den Bergen und über den Alpabzug. Sie müssen nicht aussprechen, dass das Unwetter beiden gedient hat, etwas von ihrer Vergangenheit hinter sich zu lassen und die menschliche Nähe zu wagen.

Nach dem Frühstück schlüpft Urs in die nun völlig trockenen Kleider, während die Tibeterin endgültig zusammenräumt und zum Schluss die Butterlampen löscht. Es ist Zeit für den Weg ins Tal. Bei strahlendem Wetter lassen sie die mit farbigen tibetischen Gebetsfahnen geschmückte Sennhütte hinter sich. Während des Abstiegs hängen beide schweigend ihren Gedanken nach. Beide sind stolz auf ihren Mut, dass sie sich einem Neuanfang geöffnet haben. Unten im Tal trennen sie sich ohne große Worte, aber mit einer innigen Umarmung. Das Versprechen, sich vielleicht eines Tages wieder zu sehen, unterlassen sie. In ihrem Inneren glauben beide, dass das Schicksal es schon fügen werde.